AF542474

[illegible]PATEUR

OU

[illegible]NESTE-FRIPONNE,

COMEDIE,

Par M. [illegible] DESTOUCHES,

de l'Academie Françoise.

A PARIS,

[illegible] PRAULT pere, Quay de [illegible] au Paradis.

M. DCC. XXXVI.

[illegible] & Privilege du Roy.

LE DISSIPATEUR,

OU

L'HONNESTE-FRIPONNE,

COMEDIE.

Par M. NERICAULT DESTOUCHES, de l'Académie Françoise.

A PARIS,

Chez PRAULT pere, Quay de Gêvres, au Paradis.

M. DCC. XXXVI.

Avec Approbation & Privilege du Roy.

PREFACE.

Quoique je ne croye pas cette Comédie, indigne de figurer, avec ceux de mes Ouvrages qui ont le mieux réüssi, j'ai pris néanmoins la résolution de ne la point mettre au Théâtre, & de ne la produire que par la voye de l'impression, qui peut-être sera la seule dont je me servirai désormais, pour mettre au jour quelques autres Comédies, nouveaux fruits de mon loisir & de ma retraite.

Ce procédé, sans doute, paroîtra singulier ; peut-être même un peu bizarre, & peu convenable à un Auteur qui n'a pas lieu de se plaindre que les Spectateurs l'ayent contraint par trop d'injustice, à laiss[illegible] d'éluder leur jugement. J'a[illegible] me que je dois me loüer de leur in-dulgence, & que les glorieux té-moignages que j'en ai reçus, méri-tent que j'en sois très-reconnoissant. Pourquoi donc, aura-t-on lieu de me répondre, ne voulez-vous plus paroître à leur Tribunal ? & pourquoi recusez-vous vos Juges naturels ? Ce n'est point pour les recuser que j'ai recours au Tribu-nal des Lecteurs ; de fortes raisons m'y déterminent malgré moi. Si je voulois en rendre compte au Pu-blic, j'ose me flatter qu'il ne les désapprouveroit pas. Mais je ne pour-rois me justifier qu'aux dépens d'au-trui ; il faudroit démasquer des in-grats, & j'aime mieux les laisser im-punis, que de leur nuire. Il ne sera donc ici question que de mon Ou-vrage, sur lequel j'ai plusieurs cho-ses à dire aux Lecteurs.

L'Avare & le Dissipateur sont

[illegible] parfaits. Moliere [illegible] du premier. Non seu[illegible] c'étoit le plus facile & le [illegible] brillant, mais Plaute lui en [illegible] fourni le sujet, & les traits les [illegible] vifs & les plus comiques. Il [illegible] vrai que Moliere a trouvé l'art [illegible] enrichir sa matiere; je puis ajoû[illegible] même qu'il a surpassé son mo[illegible] dans son Avare, & dans son [illegible]mphitrion: mais enfin c'étoient [illegible]ujours des imitations, & tout le [illegible]onde conviendra sans peine, qu'il [illegible] bien plus aisé de perfectionner [illegible] d'inventer; sur tout quand un [illegible]rand Homme polit l'ouvrage d'un [illegible]rand Homme.

Pour ce qui me concerne ici, le [illegible] est tout différent. Je n'ai tra[illegible]illé sur aucun modéle. J'ai fait [illegible] choix de mon sujet, j'en ai formé [illegible] plan; & c'est la nature qui me l'a fourni; mais j'ai trouvé dans l'execution, des difficultés presque insurmontables; c'est ce que mes

Lecteurs observeront facilement, s'ils font réflexion que le caractere du *Dissipateur*, n'est pas un de ces caracteres *momentanés*, qui peuvent produire tout leur effet dans l'espace de vingt-&-quatre heures, & même pendant le seul tems de la représentation, qui suffit pour étaler les pincipaux traits de l'avarice, & pour en tirer tous les événemens qui peuvent rendre une action complette.

Il n'en est pas de même d'un Dissipateur: car outre que son caractere est moins ridicule, & par conséquent moins risible, il lui faut bien plus de tems pour se développer; ses actions veulent des intervales. Quelque prodigue que puisse être un homme, il ne parvient pas tout d'nn coup à sa ruine totale, qui est le seul événement par où l'on puisse finir son histoire, & achever son portrait. Or comment accorder les régles du Théâtre avec pareil caractere ? Ruiner un homme puissamment riche, dans l'espace de vingt-&-quatre heures, c'est représenter une action qui ne peut guere être vraie, & qui certainement n'est point vrai-semblable. Il ne me restoit donc aucun expédient pour me tirer de l'embarras où je me trouvois, que de faire paroître d'abord mon Héros prêt à tomber dans le précipice qu'il ne voit point, parce que ses passions & ses faux amis le lui cachent depuis long-tems : mais il ne me suffisoit pas de le présenter dans une situation si périlleuse ; il falloit faire connoître au Spectateur les raisons & les incidens qui l'avoient causé ; je ne pouvois les mettre en action, puisque le tems ne me le permettoit pas, & ce n'est que par des récits que j'ai rempli mon sujet : mais on voit aisément par ces détails, combien il est inférieur à celui de l'Avare ; que pour l'égayer & le rendre plus intéressant, je n'ai pû me dispenser de mettre en œuvre tous les caracteres épisodiques, qu'il amenoit nécessairement à sa suite, & qu'il ne m'a pas été possible de me renfermer dans un petit nombre de Personnages & d'événemens, ni d'affecter cette aimable simplicité d'action, si justement admirée dans les Anciens, principalement dans les Comédies de Plaute, qui par cet endroit est bien supérieur à Térence, selon le jugement des meilleurs Critiques.

Ce qui me paroît le plus heureusement imaginé dans ma Comédie du Dissipateur, c'est le caractere de la Veuve. J'avoüe qu'il cause quelque répugance au premier aspect &, qu'il a paru blesser la délicatesse de quelques personnes d'esprit à qui j'ai fait la lecture de cet Ouvrage; mais j'ose dire qu'un peu de réflexion auroit bientôt guéri leurs scrupules: car enfin n'est-il facile d'observer que j'ai l'attention pendant tous les Actes, & différens moyens, de faire entrevoir & même espérer qu'enfin il sera content de Julie? Il n'est point de Spectateur ou de Lecteur assez peu délié, pour ne pas sentir que le caractere apparent de cette Veuve, n'est qu'un caractere déguisé par la prudence & par la tendresse; & que cette fausse apparence qui fait le noeud de la Piéce, en produisant des événemens singuliers & intéressans, met le Dissipateur à portée d'étaler son caractere, & le pousse plus rapidement à sa catastrophe. En effet les prudentes manoeuvres de Julie, aménent un dénoüement d'autant plus heureux, qu'il doit satisfaire les désirs des Spectateurs, en ouvrant les yeux d'un Jeune-homme aimable, que d'indignes flatteurs avoient aveuglé, & en le retirant du précipice affreux, où de faux amis l'avoient fait tomber.

Au reste il m'eût été très-facile d[e] donner à cette Veuve un caracte[re] tout different ; & d'en faire une He-roïne merveilleuse, en la rendan[t] aussi généreuse qu'elle semble inte-ressée : mais outre que ces caracte-res Romanesques, que quelques Au-teurs comiques nous étalent aujour-d'hui, ne sont point du ressort ni du ton de la Comédie, qui ne veut rien que de simple & de naturel ; je sens, & l'on doit sentir comme moi, que plus je me serois écarté du vrai pour les imiter, plus je me se-rois éloigné du but que je me pro-pose, qui est de représenter le mon-de tel qu'il est, & non pas tel qu'il de-vroit être. Si j'avois voulu quitter le Brodequin pour chausser le Cothur-ne, j'aurois dû faire aussi du *Dissipa-teur* un homme non moins généreux que magnifique ; mais l'aurois-je co-pié d'après nature ? Non, très-assu-rément. Les prodigues ne le sont [illegible] par vertu; ils n'ont que les de-[illegible] de la générosité; ils ne veulent [illegible] satisfaire leurs passions ou leur [illegible]té. Tout ce qui ne tend pas à l'un [illegible] ces deux objets ne fait aucune im-[illegible]ssion sur eux. Donner pour le seul [p]laisir de donner, est un charme qui [n]e les touche point. Ils ne sont prodi-[g]ues que pour leurs flatteurs, ou que [p]our les ministres de leurs plaisirs. [A]u lieu qu'un homme vraiment gé-[né]reux, soumet son humeur bienfai-[sa]nte & liberale, à la justice, à la [pr]udence, & à la raison. Il n'a point [d]'autre interêt que celui de bien fai-[re], & il n'est jamais plus content de [lui]-même, que lorsqu'il peut déter-[r]er le mérite indigent, & non seule-[m]ent soulager, mais prévenir ses be-[s]oins. Telle est la différence essentiel-le entre la prodigalité & la générosi-té; & c'est ce que je me suis efforcé de [f]aire sentir dans le caractere du Dissi-pateur. Il falloit le copier & non pas l'imaginer. J'ai toujours l'homme devant mes yeux, & j'aime mieux le peindre que de le farder. Peindre est l'objet de la Comédie. Si les figures qu'elle représente aux Spectateurs, ne sont pas parfaitement ressemblantes, le plus riche coloris ne sçauroit empêcher que les connoisseurs ne les trouvent mauvaises.

Au reste il y a très-long-tems que j'ai formé le plan de cette Comédie. Je le communiquai fort indiscretement à quelques uns de mes amis qui furent encore plus indiscrets que moi; car ils en parlerent en plusieurs assemblées où ils étalerent toutes mes idées sur ce sujet. Un Auteur qu'ils ne connoissoient point, les receüillit, & se mit à travailler au même tems que moi. Ce fut justement dans cette conjoncture, qu'un voyage que je fis en Angleterre, m'obligea d'interrompre mon Ouvrage. Des occupations ausquelles je me devois tout entier, me firent oublier le Théâtre; & je me souvins si peu mon Dissipateur, que depuis mon retour en France, j'ai traité plusieurs autres Sujets. Mais enfin étant informé que l'Auteur qui s'étoit emparé de celui-ci, non seulement en avoit fait une Comédie en cinq Actes, mais l'avoit presque publiée par une infinité de lectures, je n'ai pû me refuser la justice que je me devois. J'ai cherché mon plan, je l'ai trouvé, je l'ai mis en œuvre, toujours le même par le fond, mais bien différent par la forme. J'ai crû devoir au Public un détail exact de ces particularités, afin que les personnes qui ont entendu la lecture de l'Ouvrage qui a précédé le mien, ne s'étonnent point de retrouver dans celui-ci quelques caracteres & quelques incidens qui n'auront pas tout l'agrément de la nouveauté, puisqu'un autre avant moi les avoit éfleurés. Il m'est permis de revendiquer un bien qu'on avoit usurpé sur moi,

& de rentrer hardiment dans un droit qui ne souffre point de prescription.

Fin de la Préface.

LE
DISSIPATEUR
OU
L'HONNESTE-FRIPONNE
COMEDIE
En Vers, en cinq Actes.

ACTEURS.

JULIE, jeune veuve.

CIDALISE, jeune coquette, rivale de Julie.

ARSINOE', }
ARAMINTE, } amies de Cleon.
BELISE, }

FINETTE, femme de chambre de Julie.

CLEON, amant de Julie, Dissipateur.

LE BARON, pere de Julie.

GERONTE, oncle de Cleon.

LE MARQUIS, fils du Baron.

LE COMTE, ami & confident de Cleon.

FLORIMON, autre ami de Cleon.

CARTON, aussi ami de Cleon.

PASQUIN valet de Cleon.

PLUSIEURS convives de Cleon.

La Scene est dans la maison de Cleon.

LE

DISSIPATEUR

OU

L'HONNESTE-FRIPONNE

COMEDIE.

ACTE PREMIER.

SCENE PREMIERE.

PASQUIN, FINETTE.

FINETTE.

Bon jour, Monsieur Pasquin.

PASQUIN.

Très-humble serviteur.

FINETTE.

Cleon est-il levé?

PASQUIN.

Depuis long-tems, mon cœur.

A ij

FINETTE.

Pourrois-je lui parler?

PASQUIN.

Cela n'est pas possible.
D'un bon quart d'heure au moins il ne sera visible.

FINETTE.

Et pourquoi donc?

PASQUIN.

Avec le Comte du Guéret,
Au moment que je parle il tient conseil secret.
Il a cent mille écus, & cherche la maniére
De dépenser dans peu la somme toute entiére.
Cet argent-là lui pese; il veut s'en dessaisir.

FINETTE.

Eh bien qu'il me le donne, il ne peut mieux choisir.
Je suis Fille, il me faut un Mari. Cette somme
Pourroit entre mes mains tenter un galant homme.
L'argent & le Mari me viendroient à propos,
Je ne m'en cache point.

PASQUIN.

C'est à dire en deux mots
Que vous êtes pressée.

FINETTE.

Oüi.

PASQUIN.

Vos yeux le font croire.

FINETTE.

Ma foi, Cleon feroit un acte méritoire.

PASQUIN.

C'est par cette raison qu'il ne le fera pas.
La générosité pour lui n'a point d'appas,
C'est ou pour son plaisir, ou par vanité pure,
Qu'il prodigue son bien sans raison ni mesure;
Très-souvent le caprice excite ses bienfaits,
Et jamais, à coup sûr, ils n'ont de bons effets.
Aussi les faux amis, dont grande est l'abondance,
Loin de lui sçavoir gré de sa folle dépense,
Ici pour le flater font de communs efforts,

Ils se moquent de lui, si-tôt qu'ils sont dehors.

FINETTE.

Et Pasquin peut souffrir un semblable manége ?
Tu ne profites pas de l'ample privilége
Que Cleon t'a donné depuis un si long-tems,
De lui pouvoir sur tout dire tes sentimens,
Pour chasser de chez vous tous ces flateurs avides
Que l'on ne voit jamais en sortir les mains vuides ?
Morbleu ! si ma Maîtresse avoit ce foible là,
Je périrois plûtôt que de souffrir cela,
Jamais ces faux amis ne deviendroient nos maîtres,
Et je les ferois tous sauter par les fenêtres.

PASQUIN.

Dans les commencemens je me suis tout permis
Pour bannir de céans ces dangereux amis,
Sortis par une porte, ils rentroient par une autre.
Mon Maître quelque tems a fait le bon Apôtre,
Il suivoit mes conseils, s'en faisoit une loi,
A la fin, les flateurs l'ont emporté sur moi.
J'allois être chassé pour toute récompense,
Et vingt coups de bâton m'ont imposé silence.
Moi qui me plais céans, & qui m'y trouve bien,
Je me suis radouci : j'ai fait comme ce chien
Qui portoit à son cou le dîner de son Maître,
Et trouvant d'autres chiens qui vouloient s'en repaître,
Quand il crut ne pouvoir le sauver du hazard,
Leur livra le dîner pour en manger sa part.

FINETTE.

D'un fidéle Valet est-ce donc là l'office ?

PASQUIN.

Eh morbleu, que chacun se rende ici justice.
Ta Maîtresse Julie en use-t-elle mieux ?
Cleon de jour en jour en est plus amoureux,
Il prétend l'épouser ; & cette aimable Veuve
De son pouvoir sur lui fait chaque jour l'épreuve ;
Ne devroit-elle pas empêcher que Cleon

N'acheve de ses biens la dissipation ?
Mais bien loin de sauver son amant du pillage ;
C'est elle qui s'y porte avec plus de courage.

FINETTE.

Il est vrai qu'elle est vive, & qu'elle fait sa main.
Malgré tous mes avis elle va son chemin.

PASQUIN.

Eh, tu suis son allure avec assez d'adresse,
Et te voilà vetuë ainsi qu'une Princesse.
De même que Julie ardente à nous piller....

FINETTE.

Oh pour moi, je n'ai fait encor que grapiller.
Si tu voulois m'aider je ferois mieux mon compte.

PASQUIN.

Tout dépend à present de ce Monsieur le Comte
Qui gouverne Cleon & s'en est emparé ;
C'est lui qu'il faut gagner. C'est ce flateur outré
Qui par une servile & basse complaisance
A subjugué mon Maître, & reglé sa dépense.
Son pouvoir est sans borne ; on n'obtient rien sans
lui.

FINETTE.

L'avis n'est pas mauvais. Je veux dès aujourd'hui
En faire usage ; Adieu, car voici ma Maîtresse.

PASQUIN.

Je voulois te glisser quelques mots de tendresse ;
On m'en ôte le tems ; mais tu n'y perdras rien.

FINETTE.

J'y compte, & nous pourrons renoüer l'entretien.

SCENE II.

JULIE, FINETTE.

JULIE.

Eh bien, qu'a dit Cleon du dessein de mon pere ?

FINETTE.

Je n'ai pû lui parler ; une importante affaire
L'empêche de donner audience aujourd'hui.

JULIE.

Mon pere me désole, & veut rompre avec lui,
Voyant qu'à nos avis il ne veut point se rendre.

FINETTE.

Votre pere a raison ; mais il devroit attendre,
Cleon n'a pas encor dissipé tout son bien ;
Nous romprons avec lui quand il n'aura plus rien.
Encor deux ou trois mois, sa ruine est complette,
Voudriez-vous laisser la chose à demi faite ?

JULIE.

Helas !

FINETTE.

Vous soupirez !

JULIE.

Eh n'ai-je pas raison ?
Tu sçais que Cleon m'aime, & que j'aime Cleon :
Mais à le corriger en vain je me fatigue,
Je ne puis mettre un frein à son humeur prodigue.

FINETTE.

Puis-je sans vous fâcher vous parler franchement ?
Cleon vous aime peu ; vous l'aimez foiblement.
Si pour lui vous aviez une ardeur bien sincére,
S'il étoit animé du désir de vous plaire,

Pourriez-vous accepter ses prodigalités ,
Et lui, vous feroit-il cent infidélités ?
Loin de le corriger , vous briguez ses largesses ;
Cleon fait chaque jour de nouvelles Maîtresses ;
Vous ruinez sa bourse, il promene ses vœux ,
Et vous ne travaillez qu'à vous tromper tous deux.

JULIE.

Quelque jour tu verras si ma tendresse est feinte.
Je permets, il est vrai, sans faire aucune plainte,
Que de nouveaux objets il paroisse charmé ,
Mais je sens que mon cœur n'en est point allarmé.
C'est par vanité pure , & non par inconstance ,
Que Cleon me trahit souvent en apparence ;
Et pourvû qu'une intrigue ait beaucoup éclaté ,
Il n'y recherche point d'autre félicité.

FINETTE.

Mais , de sa vanité sa bourse est la victime ;
Et c'est par là sur tout , que votre amant s'abîme.

JULIE.

J'arrêterai le cours de ce déréglement.

FINETTE.

Vous ?

JULIE.

Oüi; Mais ce n'est pas l'ouvrage d'un moment,
Je ne puis le guérir de son erreur extrême ,
Qu'en le livrant encor quelque tems à lui-même ;
Les reproches , les pleurs ne m'ont point réussi.

FINETTE.

Il faudroit commencer par éloigner d'ici
Ce fripon d'Intendant qui chaque jour le triche ;
Et qui depuis deux ans est devenu si riche ,
Qu'il faudra quelque jour que Cleon soit le sien ,
Pour rattrapper au moins la moitié de son bien.

JULIE.

Je ferai pour cela les efforts nécessaires ,
Mais le fourbe a si bien embroüillé les affaires ,
Que Cleon ne peut plus sans lui les débroüiller ;
Et qu'il se voit contraint à se laisser piller.

FINETTE.

Enfin, par quel moyen empécher ſa ruine ;
Puiſque vous rebutez tous ceux que j'imagine ?
Du moins commencez donc par n'en rien recevoir.

JULIE.

Au contraire, je veux employer mon pouvoir
Pour m'attirer encor des dons plus magnifiques.

FINETTE.

Voilà d'un tendre amour des preuves héroïques ;
C'eſt l'amour à la mode. Avoüez-moi tout net,
Que ruiner Cleon eſt votre unique objet ;
D'un ſi noble deſſein faites-moi confidente,
Car pour vous ſeconder j'ai la main excellente.

JULIE.

J'accepte ton ſecours ; oüi mon intention,
Eſt d'avoir, ſi je puis, ce qui reſte à Cleon.

FINETTE.

La choſe étant ainſi, me voilà toute prête,
Et je vais commencer par un coup de ma tête....
Si nous pouvions gagner le Comte du Guéret !
Heureuſement, je crois qu'il vous aime en ſecret.

JULIE.

Oüi, Finette, j'en ſuis à preſent trop certaine ;
Par de fortes raiſons je lui cache ma haine,
Mais autant que je puis je fui ſon entretien,
Et je veux avertir Cleon....

FINETTE.

N'en faites rien.
Il trahit ſon ami, c'eſt un fripon ; n'importe.
On peut tirer parti d'un homme de ſa ſorte.
Feignez de vous laiſſer un peu perſuader,
Et dans tous nos projets il va nous ſeconder.

JULIE.

Je ne puis m'y réſoudre.

FINETTE.

Il le faut.

JULIE.

Mais....

FINETTE.

Souffrez
Que je lui parle, moi, vous m'en remercierez;
Car sans vous engager, & sans lui rien promettre,
Je sçaurai....

JULIE.

Je vois bien qu'il faut te le permettre;
Mais songes que Cléon a mon cœur & ma foi;
Que je mourrois plûtôt....

FINETTE.

Reposez-vous sur moi.
Dans votre appartement vous n'aurez qu'à m'attendre;
J'ai deux projets en tête, & veux les entreprendre.
Le Comte vient. Je vais entamer le premier.
Sortez vîte.

SCENE III.

LE COMTE, FINETTE.

FINETTE *à part.*

Avec nous il faut l'associer,
Oui, oui; fourber un fourbe est une œuvre louable,
J'en fais gloire. Il me voit.

LE COMTE *à part.*

L'instant est favorable,
Tâchons de la gagner. (*haut.*) Finette, vous rêvez !

FINETTE.

Ah ah, c'est vous, Monsieur ! Je songeois....

LE COMTE.

Vous avez

Quelque affaire de cœur qui vous occupe.

FINETTE.

A l'âge
Où je suis parvenuë, on ne seroit pas sage,
Si l'on ne suivoit pas les mouvemens du cœur.
Le vôtre est il tranquille ? On vous trouve rêveur
Depuis un certain tems ; & je gage ma tête,
Que quelque aimable objet a fait votre conquête.

LE COMTE.

Ma foi tu gagnerois, car je suis amoureux.

FINETTE.

Tout de bon ?

LE COMTE.

Tout de bon.

FINETTE.

Par conséquent heureux.
Qui vous résisteroit ?

LE COMTE.

Ton ingrate Maîtresse.

FINETTE.

Il est vrai que Cleon a toute sa tendresse,
Et vous vous exposez à soupirer long-tems.

LE COMTE.

On peut faire changer les cœurs les plus constans ;
Et celui d'une femme est toujours variable.

FINETTE.

J'en juge par le mien. Vous êtes fort aimable,
Encor jeune, & d'un rang qui se fait respecter :
A de moindres appas on se laisse tenter.
D'ailleurs quand l'intérêt parle pour le mérite,
C'est rarement en vain qu'il presse & sollicite.

LE COMTE *l'embrassant.*

Tu me charmes, Finette, & si j'ai ton secours,
J'espere te devoir le bonheur de mes jours.

FINETTE.

Est-ce de bonne foi que vous aimez Julie ?
Là, parlez franchement.

LE COMTE.

Je l'aime à la folie ;
Et j'entreprendrois tout pour mériter son cœur.

FINETTE.

Eh bien, il faudra voir jusqu'où va cette ardeur ;
Et la mettre à l'épreuve.

LE COMTE.

Il n'en peut être aucune
Qui puisse m'arrêter. Mon crédit, ma fortune,
Mes amis ; tout enfin ce qui dépend de moi,
Sera sacrifié pour lui prouver ma foi.

FINETTE.

La peste ! vous prenez un ton bien énergique,
Et vous m'éblouissez par votre rhétorique.
Voyons si les effets me toucheront autant.

LE COMTE.

Qu'on cherche à m'éprouver, & l'on sera content ;
Commençons par sçavoir si l'aimable Finette
Voudra parler pour moi.

FINETTE.

Tout ce qui m'inquiette ;
C'est que si je vous sers, je vous donne moyen
De trahir votre ami.

LE COMTE.

Bon, cela ne fait rien.

FINETTE.

Comment donc ? Je croyois, j'en aurois juré même ;
Que pour lui vous aviez une tendresse extrême ;
Mais je vois maintenant que vous ne l'aimez point.

LE COMTE *après avoir un peu rêvé.*

Je ne sçais si je dois m'ouvrir jusqu'à ce point ;
Tu me sondes peut-être..... En tout cas, je m'en mocque ;
Et je vais te parler sans la moindre équivoque :
Car si tu me trahis ton effort sera vain,
Et je sçaurai bien faire échouer ton dessein.

FINETTE.

Si vous sçaviez, Monsieur, combien je suis sincere !

Combien je vous estime..... Est-il donc nécessaire
De jurer, protester? Ordonnez, & d'abord....

LE COMTE.

Je te croi; car je puis te faire un heureux sort
Si je suis satisfait de tes soins, de ton zéle.

FINETTE.

J'entends mes intérêts, & vous serai fidelle.
N'allez donc pas, Monsieur, me parler à demi.
Sentez-vous du scrupule à trahir votre ami?

LE COMTE

Cleon est un ami si fou, si ridicule,
Que l'on peut le berner sans le moindre scrupule.

FINETTE.

Je croyois, moi, jugez de ma simplicité,
Que l'on devoit rougir de la duplicité;
Que trahir son ami c'étoit faire un grand crime,
Et que rien n'acquéroit plus de gloire & d'estime,
Que de s'immoler même aux droits de l'amitié.

LE COMTE.

Morale surannée.

FINETTE,

Oui!

LE COMTE.

Cela fait pitié.
On suivoit autrefois cette fade méthode;
Aujourd'hui les amis ne sont plus à la mode;
Les hommes sont unis par le seul intérêt;
L'amitié n'est qu'un nom.

FINETTE.

Cette mode me plaît,
Et de-là je conclus, en dépit des scrupules,
Que les honnêtes gens sont de francs ridicules.
Çà, venons donc au fait.

LE COMTE.

Le fait est que j'adore
Ta charmante Maîtresse; & je dis plus encore,
C'est que me voilà prêt à la servir en tout,
Si de m'en faire aimer tu peux venir à bout.

FINETTE.

Sans vous promettre rien, j'y ferai mon possible;
Mais comme à l'intérêt elle est un peu sensible,
Le moyen de gagner son inclination,
C'est que vous nous aidiez à ruiner Cleon;
Je veux dire, Monsieur, à placer dans nos coffres
Son argent, ses bijoux.....

LE COMTE.

Vous prévenez mes offres.
S'il ne tient qu'à cela, Julie est à moi.

FINETTTE.

Bon.
Je vais donc attaquer la bourse de Cleon.
Secondez mon adresse; & ma reconnoissance
Ne fera pas long-tems languir votre espérance.
Il vient, souvenez-vous.....

LE COMTE.

Je suis homme réel.

SCENE IV.

CLEON, LE COMTE, FINETTE, PASQUIN.

CLEON *à Pasquin qui le suit.*

Qu'on dise de ma part à mon Maître d'hôtel,
que je ne trouve plus ma dépense assez forte;
Que cela déshonore un homme de ma sorte;
Que le ménage ici ne convient nullement.

LE COMTE.

Il est vrai.

CLEON *à Pasquin.*

Parlez-lui très-sérieusement.
Je prétends que chez moi tout soit en abondance.

LE COMTE *à Pasquin.*

A quoi sert le bon goût sans la magnificence?

On lui fait mal sa cour en épargnant son bien.

CLEON.

Oui. Pour me faire honneur je ne plains jamais rien;
Et mon plus grand plaisir est d'exciter l'envie.

LE COMTE.

Rien n'est si bas, si vil, qu'un air d'œconomie;
Si cet homme s'en pique il se fera chasser.

CLEON.

C'est à moi de fournir, à lui de dépenser.

PASQUIN.

Il ne mérite point cette mercuriale,
Car il prodigue tout, & sans cesse il régale.

LE COMTE.

Tant mieux.

PASQUIN.

Comptez de plus, qu'il en prend bien sa part.
Il est gros comme un muid; vos gens sont gras à lard;
A tous venans beau jeu. Votre seule déserte
Nous met tous en état de tenir table ouverte.
Chacun a sa chacune; & dès le point du jour,
Nos amis & les leurs nous aident tour à tour;
Et je puis vous jurer qu'à vous mettre en dépense,
Chacun ici, Monsieur, travaille en conscience.

CLEON *prenant du tabac.*

Cela me fait plaisir. Mais je vois cependant
Qu'on se relâche un peu.

PASQUIN.

C'est Monsieur l'Intendant
Qu'il en faut accuser. Il dit que les fonds baissent,
Et que vous maigrissez quand les autres s'engraissent,
Il crie à tous momens. Ses lamentations
Nous causent jour & nuit des indigestions;
Car, pour bien digérer il faut être tranquille;
Et ce vilain censeur nous échauffe la bile.

CLEON *au Comte.*

Défaites-moi, mon cher, de ce malheureux là.

LE COMTE.

Fiez-vous-en à moi, je travaille à cela.
Mais il me faut du tems; car je veux faire ensorte
Qu'il rende gorge, avant que de passer la porte.
C'est un maître fripon qui fait le ménager
Pour couvrir ses larcins.

CLEON.

Vous m'y faites songer;
Telle est de ses pareils la manœuvre ordinaire.
Je ne sçais point compter, je hais la moindre affaire;
Pour vacquer au plaisir je lui livre mon bien
Dont il fait ce qu'il veut, & peut-être le sien;
Et fier de ma paresse & de mon ignorance,
Pour mieux faire sa main il rogne ma dépense?
Oh! parbleu nous verrons.

PASQUIN.

Mais il manque d'argent.

CLEON.

Qu'il vende deux Contrats qui lui restent.

PASQUIN.

L'agent
Dont il se sert toujours pour ce petit négoce,
Dit qu'ils perdent moitié.

CLEON.

Qu'importe? Mon carrosse
Est-il prêt?

PASQUIN.

Oui, Monsieur. Mais plusieurs créanciers
De fort mauvaise humeur, & de tous les métiers,
Vous attendent là-bas pour avoir audience.

CLEON *en colere.*

Moi, de les écouter j'aurois la patience?
Qu'on me chasse d'ici cette canaille là.

PASQUIN.

Je vais les enyvrer. Je ne sçais que cela
Pour les endormir.

CLEON.

Soit. Pourvû qu'on m'en délivre.

PAS-

PASQUIN.

Cet Auteur si fameux vous apporte son Livre,
Et voudroit vous l'offrir.

CLEON.

Il peut s'en retourner.
A ces sortes de gens je n'ai rien à donner.
Ils me cherchent par tout. Par tout je les évite.

PASQUIN *à part.*

Il prodigue aux fripons, & refuse au merite.

CLEON *à Pasquin.*

Va-t-en. C'est toi, Finette?

FINETTE *d'un air triste.*

Eh vraiment oüi, c'est moi?

CLEON *en riant.*

Qu'as-tu donc?

FINETTE *les yeux baissés.*

Rien, Monsieur.

CLEON.

Tu soupires, je croi?

FINETTE *poussant un gros soupir.*

Il est vrai.

CLEON.

Quel sujet t'inspire la tristesse?

FINETTE.

Je m'afflige, Monsieur, pour ma pauvre Maîtresse,
Elle est au desespoir.

CLEON.

Et par quelle raison?

FINETTE.

Je ne puis vous la dire.

CLEON.

Oh! je la sçaurai.

FINETTE.

Non;
Cela m'est défendu.

CLEON *d'un air fâché.*

Quoi, pour moi du mistere?
Cela me pique au moins.

FINETTE.

Je n'y sçaurois que faire;

Mais on me chasseroit . . . .

CLEON.

Tien, prend ce diamant.

FINETTE *le mettant à son doigt.*

Vous me perdez, Monsieur.

CLEON.

Parle-moi promptement.

FINETTE.

Le moyen avec vous de garder le silence?
J'ai le cœur si sensible à la reconnoissance! . . .

CLEON.

Ne me fais plus languir, & dis-moi . .

FINETTE *en pleurant.*

Depuis peu, ...

Ma Maîtresse a perdu . . . vingt mille écus au jeu.

CLEON.

Vingt mille écus?

FINETTE *en sanglottant.*

Autant.

CLEON.

La somme est un peu forte.

LE COMTE *à Finette.*

Quoi, faut il pour un rien s'affliger de la sorte?

FINETTE *pleurant.*

Mais elle doit ce Rien, & voudroit l'acquiter.
Tous ses fonds sont placés, il faut bien emprunter;
On la presse. D'ailleurs elle craint que son pere
Ne vienne à découvrir cette fâcheuse affaire.
J'ai fait ce que j'ai pû pour la résoudre enfin
A recourir à vous dans ce mortel chagrin.
» Peux-tu, m'a-t-elle dit, me parler de la sorte!
» Ote-toi de mes yeux. Vainement je l'exhorte
A vous faire avertir de son besoin urgent.

CLEON.

Elle a ma foi raison, car je n'ai point d'argent.

FINETTE.

Enfin voyant un peu ſa fougue rallentie,
(*d'un ton ferme.*)
» Madame, ai-je ajoûté, je viens d'être avertie
» Que Cleon hier au ſoir toucha cent mille écus,
» Je l'ai ſçû de bon lieu. Craignez-vous un refus
» Quand Cleon eſt nanti d'une ſi groſſe ſomme ?
» Non, Madame, il vous aime, il eſt ſi galant homme,
» Que pouvant vous tirer d'un cruel embarras
» Je gage mon honneur qu'il n'y manquera pas.
» Vous connoiſſez ſon cœur genereux, magnifique.

CLEON.

Qu'a-t-elle repliqué ?

FINETTE *d'un air miſtérieux.*

Rien. Je ſuis politique;
Et je juge par là qu'en cette occaſion,
Vous pourriez vaincre enfin ſon obſtination.

CLEON.

Le crois-tu ?

FINETTE.

J'en réponds.

CLEON.

Je connois ta Maitreſſe,
Elle refuſera....

FINETTE.

Non, pourvû qu'on la preſſe.

CLEON *au Comte.*

Qu'en dites-vous ?

LE COMTE *affectant un air indifférent.*

Eh mais... Qu'il faut faire un effort.
Ces vingt mille écus là vous feront peu de tort.

CLEON *en ſouriant.*

Cependant vous ſçavez...

LE COMTE.

Va lui dire, Finette,
Que je lui porterai de quoi payer ſa dette.

FINETTE *d'un air gracieux & faisant une profonde révérence à Cleon & au Comte.*

Madame aura l'honneur de vous remercier.

LE COMTE *à part.*

La friponne est adroite, & sçait bien son métier.

SCENE VI.

CLEON, LE COMTE.

CLEON *en riant.*

AMi, que dites vous d'un semblable message?
Julie avec Finette est de concert, je gage.

LE COMTE *d'un air froid.*

Non, je ne le crois pas. Mais je suis assuré
Qu'elle a perdu beaucoup, & doit vous sçavoir gré
D'un secours aussi prompt pour la tirer d'affaire,
Et lui sauver l'ennui d'importuner son pere
Dont elle recevroit cent reproches fâcheux;
Car il est dur, hautain, prompt, entêté, quinteux,
Brutal, emporté....

CLEON *appercevant le Baron.*

Chut.

LE COMTE *surpris.*

C'est lui-même, je pense.

CLEON *au Comte.*

Il gronde entre ses dents.

SCENE VII.

CLEON, LE COMTE, LE BARON.

LE BARON *bas, en les contemplant du fond du Theatre.*

O La belle alliance,

(*haut.*)

D'un flateur & d'un fou ! Serviteur, serviteur.

CLEON *en souriant.*

Qu'avez-vous ? Vous voilà d'assez mauvaise humeur,
Ce me semble.

LE BARON *brusquement.*

Oüi, morbleu.

CLEON.

Pourquoi ce ton sévere ?

LE BARON.

J'étois intime ami de défunt votre pere.

CLEON.

Je sçais cela, passons.

LE BARON.

Je puis même ajoûter
Qu'il connoissoit mon rang, sçavoit le respecter :
Que loin de se piquer d'une haute naissance,
Il mettoit entre nous beaucoup de différence,
Et que, reconnoissant de mes égards pour lui,
Il n'en abusoit pas comme vous aujourd'hui.

CLEON.

Ah ! vous voulez prêcher, & me faire comprendre
Que vous m'honnorez trop en me prenant pour Gendre.

LE BARON.

Si je vous le disois... je ne mentirois point ;

Mais il ne s'agit pas à present de ce point.
Je [illegible]
Quoi, je serai témoin de tant d'extravagances,
Et je les souffrirai ?

CLEON *d'un ton méprisant.*

Mais, Monsieur le Baron,
Vous le prenez ici sur un fort plaisant ton.

LE BARON *en furie.*

Mon ton n'est point plaisant.

CLEON *au Comte en riant.*

C'est celui de mon pere,
Je crois l'entendre encore.

LE BARON.

Il avoit bien affaire
De suer, de veiller, d'entasser, pour un fils
Qui prodigue des biens si durement acquis !

CLEON *rit encore plus fort, & le Comte aussi.*

Voilà comme il parloit. Ma foi je vous admire.
Si mon pere vivoit, il ne pourroit mieux dire ;
Mais le pauvre bonhomme étoit très-ennuyeux.
Asseyez-vous, Baron, vous prêcherez bien mieux.

LE BARON *s'asseyant brusquement.*

Ah parbleu volontiers. Ouvrez bien vos oreilles.

CLEON *& le Comte s'asseyent aussi vis-à-vis du Baron.*

Asseyons-nous aussi, nous entendrons merveilles.
(d'un ton ironique.) *(au Comte en [illegible].)*
Eh bien vous dites donc ?... Ne l'interrompez
point.

LE BARON.

Que vous êtes un fou, voilà mon premier point.

CLEON.

(au Comte.)

Continuez, bonhomme. Il radote le Sire.

LE BARON.

Et voici mon second. Votre folie attire
Chez vous mille flateurs qui mangent [illegible]

Et vous planteront là quand vous n'aurez plus rien.
Ils vous vendent bien cher de basses flateries,
Tandis qu'ils font de vous cent fades railleries.

LE COMTE *au Baron.*

Et qui sont ces flateurs ?

LE BARON.

Qui ? Vous tout le premier.

LE COMTE.

Je pardonne à votre âge, autrement...

LE BARON.

Sans quartier.
Je dis la verité ; c'est ce qui vous étonne,
Mais je suis homme encore à ne craindre personne.

LE COMTE *en souriant.*

Avec des cheveux blancs on peut bien risquer tout.

CLEON *au Baron.*

Votre discours est long ; quand serez-vous au bout ?

LE BARON.

M'y voici.

CLEON.

Je respire.

LE BARON.

En faveur de Julie
Changerez-vous ou non votre genre de vie ?
Songez qu'à votre perte il vous méne à grand pas.

CLEON.

Non, Monsieu le Baron, je ne changerai pas.
Je n'ai que trop souffert de l'indigne avarice
D'un pere, qui faisoit son bonheur de ce vice.
Entassant jour & nuit un bien prodigieux
Il me laissoit languir dans un état honteux ;
Je n'avois point d'argent, de valets, d'équipage ;
J'étois contraint de fuir tous les gens de mon âge ;
Il est mort, grace au Ciel ; tout son bien est à moi ;
En faire un noble usage est mon unique loi.
Il haissoit l'éclat ; & la magnificence
Est mon plus grand plaisir. Il fuyoit la dépense,

Je la cherche. Et me fais estimer & chérir,
Autant qu'il se faisoit mépriser & haïr.

LE BARON.

Oh, la belle leçon pour la plûpart des Peres !
Ils se plaignent souvent les choses nécessaires,
Pour qui ? Pour des ingrats, pour des extravagans,
Qui défont en un an l'ouvrage de trente ans.

CLEON.

Mais vous qui prétendez faire ici le capable,
Le Marquis votre fils est-il plus raisonnable ?

LE BARON.

Il a fait comme vous, & n'est plus qu'un escroc;
Et vous le deviendrez, quand par un juste choc
La fortune en courroux vous jettera par terre.
Si j'ai fait à mon fils une inutile guerre,
Il en est bien puni. Le voilà ruiné,
Et par son pere même il est abandonné.
L'exemple est fait pour vous, tâchez d'en faire usage.

CLEON *prenant du tabac.*

Eh bien, dans quarante ans je deviendrai plus
sage.

LE BARON *se levant brusquement.*

Dans quarante ans ? Bon jour. Voici mon dernier
point.
Vous recherchez ma fille, & vous ne l'aurez point.

CLEON *en riant.*

Dépend elle de vous ? Songez vous qu'elle est
veuve ?
Maîtresse de son sort ?

LE BARON.

Ah, vous ferez l'épreuve
Que j'en suis maître encor. Je vous donne huit
jours;
Et si dans ce tems-là prenant un autre cours,
Vous ne chassez d'ici tout ce train qui vous pille,
Je quitte la maison, & j'emmenne ma fille.
Elle m'obéïra, n'en doutez nullement.
Adieu ; j'ai parlé net ; songez-y murement.

SCENE

SCENE VIII.

CLEON, LE COMTE.

CLEON.

IL m'embarasse au moins ; car j'adore Julie ;
Et je sacrifierois ....

LE COMTE.

Vous feriez la folie
De bannir vos amis, de renoncer à tout
Pour une femme ? Eh fi. Nous viendrons bien à bout
D'adoucir le bon hômme, & j'en fais mon affaire.

CLEON *l'embrassant.*

Que vous m'obligerez !

LE COMTE.

Allez, laissez-moi faire ;
Nous irons notre train, & nous épouserons.
Il veut faire le fier, mais nous le réduirons.
Je réponds de Julie, & je sçai la maniere
De l'obtenir.

CLEON.

Comment ?

LE COMTE.

Ah, j'apperçois son frere.

SCENE IX.

CLEON, LE MARQUIS, LE COMTE.

LE MARQUIS *accourt & embrasse Cleon.*

BOn jour, mon cher Cleon.

CLEON.

Bon jour, mon cher Marquis;
Te voilà bien brillant.

LE MARQUIS.

Tu vois. A ton avis
Penses-tu qu'à mon âge avec cette figure,
Cette taille, ces traits, cet air, cette encolure
On n'ait pas des secours toujours prêts au besoin?
Me montrer, m'étaller est mon unique soin;
L'Amour fait tout le reste. Il me nourrit, m'habille,
Me fournit de l'argent. C'est par lui que je brille
A la Cour, à la Ville, aux spectacles, au Cours.
Riche sans aucun fond je passe d'heureux jours.
Va, mon cher, on a tout, quand on a du merite.

CLEON *en riant.*

Le tien rend à merveille, & je t'en félicite.

LE MARQUIS.

Je suis sec, abîmé, ruiné, mais parbleu
J'ai deux bons appuis.

CLEON.

Qui?

LE MARQUIS.

Les femmes, & le jeu.
Depuis que je suis gueux je vis dans l'abondance.
Si comme toi j'étois au sein de l'opulence,
Je me délivrerois d'un si sot embarras.

Ruine-toi donc vîtes & tu m'imiteras.
Que me donneras-tu pour la bonne nouvelle
Que je t'apporte ici ?

CLEON.

Nous verrons. Quelle est-elle ?

LE MARQUIS

Tu vas être charmé.

CLEON.

De quoi donc ? Dis-le moi.

LE MARQUIS.

Premierement ... Je viens m'ennyvrer avec toi.
De plus, j'améne ici nombreuse compagnie,
Mais, moins nombreuse encor, que finement choisie.
(*au Comte.*)
Votre cousine en est.

LE COMTE.

Cidalise ?

LE MARQUIS.

Oüi parbleu.
C'est un friand morceau ! Quel enjoument ! Quel feu !
J'en suis fou.

LE COMTE.

(*à Cleon.*)
Je le crois. Je vous réponds d'avance
Que vous serez ravi de cette connoissance.

CLEON.

Je la connois. Ce sont les plus piquants attraits !

LE MARQUIS.

Son esprit est encor plus brillant que ses traits.
Du reste, cher ami, chacun de nous se flate
De faire ici grand'chere, & chere délicate.
Prend donc soin d'ordonner un somptueux repas.
Que le vin de Champagne au moins n'y manque pas.
Du mousseux. J'aime à voir dans un verre qui brille,

Un vin qui porte au nés un bouquet qui petille;
Mais qu'as-tu mon enfant ? tu parois inquiet.

CLEON.

Oüi je le suis, ton pere en est le seul sujet.

LE MARQUIS.

Bon ! C'est un vieux rêveur. Est-ce que tu l'écoutes ?

CLEON.

Il me fait des sermons . . .

LE MARQUIS.

Fadaises. Tu redoutes
Un censeur envieux des plaisirs que tu prens ?

CLEON.

Mais il m'ôte ta Sœur.

LE MARQUIS.

Et moi je te la rends.
J'ai du crédit sur elle, & malgré le bon homme,
Elle m'aime toujours. Je veux que l'on m'assomme,
Si tu n'es son époux dans huit jours au plus tard.
Tiens-toi gai, buvons frais, & nargue du vieillard.
Compte sur ma parole, elle est très-positive.
Mais à propos ; avant que notre monde arrive
Ecoute un mot,

(Il le tire à l'écart.)

CLEON.

Eh bien ?

LE MARQUIS.

Prête-moi cent louis.

CLEON *lui donnant sa bourse.*

J'ai mille écus sur moi.

LE MARQUIS *la saisissant.*

Bon ; je m'en réjoüis.
C'est autant d'avancé sur le présent de Noce.

CLEON.

Quelqu'un entre céans.

c

LE COMTE.

Oüi, j'entends un carosse.

LE MARQUIS.

Que je vais m'en donner !

CLEON *en souriant.*

Oh, je n'en doute pas.

LE MAQUIS *prenant Cleon sous le bras.*

Allons, vive la joye, & faisons grand fracas.

Fin du premier Acte.

ACTE II.

SCENE PREMIERE.

JULIE, FINETTE.

FINETTE.

Vous fauſſez compagnie?

JULIE.

O Ciel, quelle cohuë!
Je n'y puis plus tenir.

FINETTE.

Vous voilà bien émuë!

JULIE.

Qui ne le ſeroit pas? C'eſt un tas de joüeurs,
De joüeuſes, de fous, de libertins. Mes pleurs
Auroient fait remarquer la douleur qui m'accable;
Je me ſuis éclipſée.

FINETTE.

On n'eſt donc pas à table?

JULIE.

Non, Finette; on attend ſix convives nouveaux.

FINETTE.

Et qui ſont, s'il vous plaît, tous ces originaux?

JULIE.

Le premier, c'eſt mon frere.

FINETTE.

Oh, le bon perſonnage!

Je crois qu'il fait beau bruit.

JULIE.

Il assomme.

FINETTE.

Je gage

Que la vieille Araminte est céans.

JULIE.

Oui vraiment;

Elle lorgne Garton son insipide amant

Qui se croit adorable, & qui lorgne sa bourse.

Il joüe, & perd toûjours ; la vieille est sa ressource;

Et scandaleusement se ruine pour lui.

FINETTE.

A soixante ans passés !

JULIE.

Pour augmenter l'ennui;

Mon frere a fait venir l'orgueilleuse Bélise,

La prude Arsinoé, la jeune Cidalise

Coquette impertinente, & folle au par dessus,

Qui soutient que la mode est de ne rougir plus.

Elle agace Cleon; lui, selon sa coutume,

Prend feu d'abord pour elle : On feroit un volume

Des portraits singuliers de tous ceux qu'aujoud'hui

Cleon se fait honneur de régaler chez lui.

Sur tout de Florimon dont je hais la presence,

Et qui ne sçait briller que par son impudence.

FINETTE.

Florimon !

JULIE.

C'est ce gros Magistrat débauché;

Qui porte en un beau corps un esprit ébauché,

Du Cuisinier françois fait son unique livre,

Et de vin de Langon dès le matin s'enyvre.

Parasite effronté, menteur comme un laquais;

Vivant toûjouts d'emprunt, & ne payant jamais.

FINETTE.

Grand homme ! Et pour Cleon utile connoissan-ce !

JULIE.

Il vient de lui prêter deux mille écus.

FINETTE.

Je pense

Que Cleon devient fou.

JULIE.

Depuis quelques instans,

Il a distribué quinze ou vingt mille francs.
Sa vanité triomphe, & tient sa bourse ouverte
A tous venans.

FINETTE.

Cet homme est tout prêt de sa perte.

JULIE.

Il y court tant qu'il peut.

FINETTE.

Ne le ménageons plus.

A propos, avez-vous touché vingt mille écus?

JULIE.

Oui. Le Comte tantôt m'a remis cette somme.

FINETTE.

Ah tant mieux. Vous voyez que c'est un galant homme.

JULIE.

Ou plûtôt un indigne.

FINETTE.

Il le faut ignorer.

Donnez-lui tout au moins quelque lieu d'espérer.

JULIE.

Je l'ai moins maltraité; c'est ce que j'ai pu faire.

FINETTE.

Il croit vous acquérir.

JULIE.

Il verra le contraire.

FINETTE.

Enfin, vous conviendrez qu'en cette occasion,
J'ai signalé mon zéle, & mon affection.
J'en apprends le succès, & j'en suis si ravie...

JULIE.

Je veux m'en souvenir le reste de ma vie ;
Mais je ne puis penser sans un chagrin cuisant,
Que Cleon me croyant en un besoin pressant,
Loin de venir m'offrir une ressource promte,
Pour s'y déterminer ait consulté le Comte.

FINETTE.

Belle délicatesse ! encor si vous l'aimiez,
Ce seroit à bon droit que vous vous plaindriez ;
Mais aimant son argent bien plus que sa personne ;
Qu'importe que son cœur, ou sa main vous le donne ?

JULIE.

Que tu me connois mal !

FINETTE.

Je jurerois que non.

JULIE.

Malgré tes faux soupçons, j'aime toujours Cleon.
C'est l'amour le plus vif ! . . . .

FINETTE.

Oui, l'amour des pistoles.
On ne m'éblouit point par de belles paroles,
Je juge par les faits ; & j'ai toujours pensé,
Qu'un véritable amour n'est point intéressé.

JULIE.

Non ; tu raisonne juste, & je pense de même.

FINETTE.

Ne vous piquez donc plus d'une tendresse extrême.

JULIE.

Je m'en pique, Finette ; & je soutiens encor,
Que sur le pur amour nous sommes très d'accord.

FINETTE.

Comme les Médecins sur une maladie.
Est-ce avec moi qu'il faut joüer la comédie ?

JULIE *vivement*.

Oh, tu me fâcheras si tu ne me crois point.

FINETTE.

Eh bien je vous crois donc. Traitons un autre point.
Je ne m'étonne plus si céans l'argent roule;
Et si des emprunteurs il attire la foule.

JULIE.

Comment?

FINETTE.

Pour mériter encor mieux votre amour,
Cleon vient par ma foi de joüer un beau tour.
Il a vendu sous main une terre à Dorante:
Terre qui vaut au moins dix mille écus de rente.
Ce marché s'est conclu sans qu'on en ait sçû rien;
Mais Pasquin m'a tout dit. Vous souriez! Eh bien,
Qu'en dites-vous?

JULIE.

Je dis.... que l'affaire est très bonne.

FINETTE.

Oui pour les emprunteurs..... Votre sang froid m'étonne.

JULIE.

Je sçai le fait.

FINETTE.

Comment, & quand l'avez-vous sçû?

JULIE.

J'ai conduit le marché, c'est moi qui l'ai conclu,

FINETTE.

Qui, vous? Autoriser la plus haute sottise!....

JULIE.

Le reste va bien plus augmenter ta surprise.

FINETTE.

Quoi?

JULIE.

Dorante n'a fait que me prêter son nom,
En achetant sous-main la terre de Cleon.
Cette terre est à moi; car je l'ai bien payée;
Mais Cleon n'en sçait rien.

FINETTE.

Je suis extasiée,

Qui vous avoit fourni tant de deniers comptans ?

JULIE *en riant.*

C'est le vendeur.

FINETTE.

Cleon ?

JULIE.

Oui ; par ses dons fréquens.

FINETTE.

Le trait est tout nouveau.

JULIE.

Ne m'en fais point la guerre ;

FINETTE.

Des deniers du vendeur vous achetez sa terre !

JULIE

Pouvois-je mieux, Finette, employer ses effets ?
Je te dirai bien plus ; mais garde mes secrets :
J'ai déja retiré mon argent en partie :
J'en veux tirer encore ; & je ne suis sortie
Que pour donner l'allarme à mon prodigue amant.
Il viendra me chercher ; je vais feindre un moment
Que je romps avec lui ; tu verras sa foiblesse,
Il va m'offrir.... Il vient. Seconde mon adresse ;
Et de l'argent compté pour l'acquisition,
Nous sauverons encore une autre portion.

SCENE II.

CLEON, JULIE, FINETTE.

CLEON.

MAdame, vous avez bien peu de complaisance !
Quoi me laisser ainsi ? Vous devriez, je pense,

M'aider à recevoir. . . .

JULIE.

Moi, Cleon ? Vous aider

A vous perdre ? Chez vous ont vient vous obséder,

On vous pille à mes yeux, & je serai tranquille ?

Non, non, j'ai fait sur vous un effort inutile,

Il faut rompre.

CLEON.

Il faut rompre ?

FINETTE.

Oui, Monsieur, à l'instant;

Madame parle juste, & j'en ferois autant.

CLEON *à Julie.*

Est-ce donc là le prix d'une amour si parfaite ?

FINETTE.

(*à Julie*)

Chansons que tout cela. Vîte faisons retraite.

CLEON.

Finette est contre moi ?

FINETTE.

Si je suis contre vous!

Comme un tigre.

CLEON.

Et pourquoi ?

FINETTE.

Prendra-t'elle un époux

Qui prodigue ses biens ? qui les met au pillage ?

Ce seroit de quoi faire un fort joli ménage.

CLEON *à Julie.*

Souffrez. . . . .

FINETTE *emmenant Julie.*

Point de quartier.

CLEON *arrêtant Julie.*

Je vous promets qu'un jour. . . .

FINETTE *poussant Julie.*

Promettez, promettez ; mais adieu, sans retour.

CLEON *à Julie.*

Voulez-vous que je meurre ?

FINETTE *entraînant Julie.*

A vous permis.

CLEON *la retenant.*

Madame....

FINETTE *à Julie qui s'arrête,*

Fuyez. Il vous séduit.

CLEON.

Un moment,

FINETTE *voyant qu'elle regarde Cleon.*

Quelle femme !

JULIE *à Cleon.*

Voulez-vous mériter & mon cœur & ma foi ?

CLEON.

Si je le veux !

JULIE.

Eh bien, vivez seul avec moi.
Allons à votre terre. Un séjour si tranquille
Vous dédommagera des plaisirs de la ville,
Si le don de ma main, si mon fidéle amour....

FINETTE,

Votre terre est, dit-on, un si charmant séjour !
C'est un château superbe, un parc d'une étenduë
Surprenante ; des eaux, & la plus belle vûë !
Bref, c'est un merveille ; outre les revenus
Qui vont, bon an, mal an, à dix bons mille écus.
Oui, oui, si vous voulez que nous allions y vivre,
Nous vous épouserons, & nous allons vous suivre.

JULIE.

Mais partons dès demain.

FINETTE.

Soit.

JULIE.

Vous ne dites mot !

CLEON *à part.*

Dorante m'a trahi, je suis pris comme un sot.

JULIE *d'un air piqué.*

Vous avez bonne grace à garder le silence ?
Au lieu de me marquer votre reconnoissance.

FINETTE *à Julie.*

Il me vient un soupçon, le dirai-je tout haut ?

JULIE.

Parle.

FINETTE.

Sur mon honneur, la Terre a fait le saut ;
Et cette maison-ci sera bien-tôt venduë ;
Ainsi, mariez-vous, pour coucher dans la ruë.

JULIE *à Cleon.*

Insensé !

CLEON.

Je vois bien que Dorante me perd,
Et le traître qu'il est vous a tout découvert.

JULIE.

Oüi, cruel, je sçai tout, & je vais à mon pere
Découvrir au plûtôt cet odieux mistére.

CLEON *l'arrêtant.*

Ah ! s'il en est instruit il vous emménera ;
Et mon oncle, à coup sûr, me desheritera.

FINETTE *à Cleon.*

Mais comment voulez-vous qu'une femme se taise ?
Quand je garde un secret j'ai les pieds sur la braise.

JULIE *à Cleon.*

Puis-je me dispenser de lui faire sçavoir ? . . . .

CLEON.

Si vous me décelez, craignez mon désespoir.

FINETTE *à Cleon.*

Que ferez-vous ?

CLEON *mettant la main sur la garde de son épée.*

Je veux me percer à sa vûë.

FINETTE.

Vous ? Vous n'en ferez rien.

CLEON.

Que la foudre me tuë,
Si mon bras à l'instant ne termine mon sort.
Je remplirai vos vœux si vous voulez ma mort.

FINETTE *se mettant entre eux deux.*

Doucement. Nous pouvons ajuster cette affaire;
Je ne vois qu'un moyen qui nous force à nous taire.
Combien pour cette Terre avez-vous eu d'argent ?

CLEON.

Deux cent mille écus.

FINETTE *à Cleon.*

Bon. Est-ce en argent comptant ?

JULIE.

Oüi, j'en suis sûre.

FINETTE *à Cleon.*

Oh çà, combien lui donnez-vous
Pour enchaîner sa langue, & calmer son courroux?

CLEON.

Tout ce qu'elle voudra.

FINETTE.

Cent mille francs, la faute
Mériteroit sans doute une amende plus haute,
C'est marché donné. Mais nous avons le cœur bon.

CLEON.

Je reviens à l'instant.

FINETTE *l'arrêtant.*

Une fille, dit-on,
Se tait mal-aisément. J'ai le malheur de l'être,
Et je crains . . .

CLEON *en riant.*

Je t'entends.

SCENE III.

JULIE, FINETTE.

(Elles rient dès que Cleon est sorti)

FINETTE.

De pareils coups de maître
N'appartiennent qu'à vous.

JULIE.

Tu vois bien que Cleon
Ne me soupçonne point de l'acquisition.

FINETTE.

Et vous voyez aussi qu'avec assez d'adresse
Je sçai, quand il le faut, seconder ma maîtresse.

JULIE.

Il est vrai, mais Cleon va te recompenser. . . .

FINETTE.

De l'avoir attrappé. Qu'il sçait bien dépenser
Son argent!

JULIE.

Tu le vois.

FINETTE.

Il faut peu de science
Pour en tirer de lui. Ma foi c'est conscience.
Ne vous sentez-vous point quelque secret remord?

JULIE.

Pas le moindre.

FINETTE.

Tant mieux. Nous voilà donc d'accord
Pour le bien pressurer.

JULIE

JULIE.

C'est à quoi je m'occupe.

FINETTE.

Ma foi, vive un Amant quand il est aussi duppe.

JULIE.

S'il ne l'est que de moi je plains peu son malheur.

SCENE IV.

CLEON, JULIE, FINETTE.

CLEON *présentant des papiers à Julie.*

Voici cent mille frans en billets au porteur.

FINETTE *à Cleon.*

Ils sont bons ?

JULIE.

Oüi très-bons, & j'en suis satisfaite.

CLEON *donnant une bourse à Finette.*

Et voici de quoi rendre une fille muette.

FINETTE.

La doze est-elle forte ?

CLEON.

Oüi. Cent louis.

FINETTE.

Enfin

J'ai trouvé pour mon mal un sçavant Médecin.

(*en serrant la bourse.*)

Prenons donc son remede. Ah je me sens guérie!

Et vous, Madame ?

JULIE.

Eh mais...

CLEON *à Julie.*

Oh çà, sans raillerie,

Sommes-nous bons amis ?

JULIE.

Il le faut bien, Cleon.

CLEON.

Vous ne direz donc rien à Monsieur le Baron ?

JULIE.

Soyez tranquille.

CLEON *à Finette.*

Et toi ?

FINETTE.

Moi ? Je n'ai plus de langue.
Permettez-moi pourtant une courte harangue.
A vous guérir vous-même employez tout votre art.

CLEON.

J'y ferai mes efforts.

JULIE.

Mais ce sera trop tard ;
Si vous ne vous hâtez.

CLEON.

Oh j'ai double ressource.

FINETTE.

Tout le monde s'empresse à vous couper la bourse.

CLEON.

Eh peut-on l'épuiser ? Je suis seul heritier
De mon oncle.

JULIE.

Il est vrai.

CLEON.

C'est un vieux usurier
Qui ménage pour moi des richesses immenses,
Et sa mort va bientôt relever mes finances.
Au surplus, feu mon pere a mis sur un vaisseau
Plus de cent mille écus.

FINETTE.

C'est de l'argent sur l'eau ;
La mer est bien perfide.

CLEON.

Oui ; mais à pleine voile
Mon trésor vient, guidé par mon heureuse étoile.

JULIE.

Elle peut se lasser.

CLEON.

Plus de moralité ;
J'achete noblement un peu de liberté ;
Pour m'en laisser jouir, que votre complaisance
Du moins soit de mes dons la douce récompense.

JULIE.

Si vous voulez vous perdre il faut bien le souffrir.

CLEON *lui prenant la main.*

M'aimez-vous ?

JULIE *tendrement.*

C'est un mal dont je ne puis guérir.

CLEON.

Un mal ! Vous me charmez & me faites outrage.

JULIE *attendrie.*

Adieu ; je ne veux pas vous fâcher davantage.

CLEON.

Quoi, vous ne rentrez pas ?

JULIE.

Dans un petit instant.

FINETTE *à Cleon.*

Doublez toujours la doze, & vous serez content.

SCENE V.

CLEON *seul.*

AU fond, je ne sçai plus que penser de Julie ;
En combien de façon son esprit se replie !
Tantôt douce, attrayante, elle charme mon cœur ;
Et tantôt ses froideurs m'accablent de douleur.
Elle m'aime & me hait ; me prévient, & m'évite,
Elle pleure, elle rit, s'addoucit, puis s'irrite,
Me condamne, me loue ; enfin, à tous momens

Je trouve en son humeur de nouveaux changemens :
Son empire me tient dans la plus rude gêne ;
Toujours quelque demande est l'objet de la Scéne ;
Je veux combler ses vœux, mais j'ai beau le tenter,
Ma prodigalité ne peut la contenter.
Un interet si vif me jette en défiance.
De tant d'immenses dons l'unique recompense
Sera l'ingratitude : elle m'épuisera,
Et jamais notre hymen ne se terminera.
Après tous ses délais, suivra notre rupture ;
Le Baron m'y prépare, & c'est ce que j'augure
Des discours que tantôt m'a tenu ce vieillard.
Oüi, oüi, je suis leur duppe, & je le vois trop tard.

SCENE VI.

CLEON, LE COMTE.

LE COMTE.

QU'avez-vous ?

CLEON.

Je rêvois.

LE COMTE.

A quoi donc?

CLEON.

à Julie.

LE COMTE *en riant.*

Et cela vous excite à la mélancolie ?

CLEON.

Je l'avoüe.

LE COMTE.

Et pourquoi ?

CLEON.

Je soupçonne, entre nous ;

Qu'elle veut me tromper.

LE COMTE.

Sur quoi le croyez-vous?

CLEON.

Je l'accable de bien, & rien ne la contente.

LE COMTE *après avoir un peu rêvé.*

Ecoutez donc; la chose est assez apparente.
On veut vous ruiner, & puis vous planter là.
L'insulte du Baron me fait croire cela.

CLEON.

J'y pensois. On a sçû que j'ai vendu ma Terre,
D'abord, on m'en a fait une cruelle guerre,
Jusqu'à me menacer de le dire au Baron.
Cela marque un dessein.

LE COMTE.

Oüi. Vous avez raison.

CLEON.

On vouloit rompre.

LE COMTE.

Oh, oh!

CLEON.

Il m'en coûte une somme
Assez considérable.

LE COMTE.

Un aussi galant homme
Que vous l'êtes, Cleon, ne pourra-t-il jamais
Se guérir de son foible? Accabler de bienfaits
Une ingrate! Souvent je vous plains, je murmure,
Mais je n'ose parler.

CLEON.

Parlez, je vous conjure.
Je vous croirai peut être, & je romprai tout net.

LE COMTE.

Pouvez-vous différer un si sage projet?

CLEON.

Oui, je me crains moi-même, & connois ma foiblesse,

Je romps toujours mes fers, & j'y rentre sans cesse.

LE COMTE.

Si vous voulez me croire, il est un moyen sûr
Pour les rompre à jamais.

CLEON.

Ah, qu'il me sera dur
De perdre tout le fruit de tant de dons immenses !
Mais je veux me punir de mes extravagances,
De ma crédulité, de mon aveuglement,
En quittant un objet aimé trop tendrement.
Appuyez mon dépit, & prêtez-moi votre aide.

LE COMTE.

Cidalise pour vous est le plus sûr remede.
Aimez-la.

CLEON.

Je m'y sens vivement disposé.
J'ai voulu lui parler, & ne l'ai pas osé.

LE COMTE.

Parlez lui. Cidalise est d'une humeur charmante ;
Très désintéressée, & ma proche parente.
Elle ne dépend plus que de son vieux tuteur
Dont je puis disposer.

CLEON.

Que n'ai-je sur mon cœur
Un empire absolu !

LE COMTE.

Plus il vous tyrannise,
Moins il faut lui céder. Ah voici Cidalise,
Voyez si son abord est sombre & sérieux.

CLEON.

Tout me paroît en elle aimable & gracieux.

SCENE VII.

CIDALISE, CLEON, LE COMTE.

CIDALISE.

MEssieurs, la compagnie est complette & nombreuse ;
Mais franchement sans vous je la trouve ennuyeuse ;
Et je viens vous chercher. Quel est donc le sujet
Qui vous tient à l'écart ?

LE COMTE.

Nous formons un projet.

CIDALISE.

Quel projet ?

LE COMTE

Nous voulons vous marier.

CIDALISE.

Chimere.

LE COMTE.

Pourquoi donc ?

CIDALISE

(*regardant tendrement Cleon.*)

Oh pourquoi ! C'est que je désespere
D'être unie à celui que je voudrois avoir.

LE COMTE *bas à Cleon.*

L'entendez-vous ?

CLEON.

(*à Cidalise.*)

Fort bien. Vos yeux ont tout pouvoir.

CIDALISE.

Point du tout, Jugez-en ; le seul homme que j'aime

Aime une autre que moi. Mon malheur est ex-
trême
Comme vous le voyez; & je puis vous jurer
Que je le pleurerois si je sçavois pleurer.
Mais ne le pouvant pas, je ris de ma sottise.
Que je suis ridicule. (*elle rit.*)

CLEON.

Ah cessez, Cidalise;
De faire tant d'outrage à vos divins appas.
Vous? Vous aimez quelqu'un qui ne vous aime pas?

CIDALISE *riant encore plus fort.*

Oui.

CLEON.

Quel est donc l'objet de ce joyeux martire?

CIDALISE *prenant un air sérieux.*

Vous êtes l'homme à qui je voudrois moins le dire.

CLEON.

Vous le pourriez. Je suis un confident discret.

CIDALISE *d'un air tendre.*

A quoi vous serviroit de sçavoir mon secret?

CLEON *vivement.*

A vous désabuser; à vous faire connoître
Que l'on vous aime plus que vous n'aimez peut-être.

CIDALISE *en minaudant.*

On pourroit me le dire, & je n'en croirois rien.

CLEON.

Pourquoi?

CIDALISE.

Celui que j'aime est pris dans un lien
Dont il ne peut sortir, je n'en suis que trop sûre.
C'est dommage pourtant. Car au fond, la nature
En nous formant tous deux, forma la même humeur.
Il aime le fracas; je l'aime à sa fureur.
Il est gai, complaisant, libéral, magnifique;

Je

[illegible] Egal, doux, pacifique;
Ce sont mes qualités. Bien loin que l'avenir
Occupe son esprit, il fait tout son plaisir
De joüir du present sans en craindre la suite;
Modéle qui me charme, & régle ma conduite.
Beau joüeur, bon convive, aimant à dépenser,
Et prêtant son argent sans jamais balancer;
Foiblesse d'un bon cœur, d'une ame généreuse
Qui quadre avec la mienne, & me rendroit heu-
reuse.
Enfin, cette homme là me ressemble si bien,
Qu'en faisant son portrait, je crois faire le mien.

LE COMTE.

Oüi, voilà de quoi faire un parfait assemblage.

CIDALISE *en riant.*

L'entreprendriez-vous?

LE COMTE.

C'est à quoi je m'engage.

CIDALISE.

Chimére, encore un coup.

LE COMTE *montrant Cleon.*

Voici ma caution.

CIDALISE.

Monsieur vous répondra que l'homme en question
Est si bien engagé qu'il n'ose s'en dédire.

CLEON.

Vous vous trompez. Sur lui vous prenez tant
d'empire,
Que pour peu que vos yeux daignent l'encourager,
Sous vos aimables loix il viendra se ranger.

CIDALISE *tendrement.*

Il se trompe, & jamais il n'aura ce courage.

CLEON *lui baisant la main.*

Il l'aura, j'en réponds.

CIDALISE.

Eh bien qu'il se dégage,
Et me rapporte un cœur qu'il avoit mal placé,
Et nous pourrons finir le projet commencé.

CLEON.

Vous lui promettez donc ? . . .

CIDALISE.

Oh, j'ai dit ce me semble
Tout ce qu'il falloit dire. Ajustez-vous ensemble.
Vous pourrez bien sans moi poursuivre l'entretien;
Vous avez de l'esprit, & vous m'entendez bien,
Sans adieu.

SCENE VIII.

CLEON, LE COMTE,

LE COMTE.

Quel raport, & quelle sympatie !
Il ne tiendra qu'à vous de noüer la partie,
Comme vous le voyez.

CLEON.

Son agreable humeur,
Ses graces, son esprit, m'assurent un bonheur
Que je ne puis jamais goûter avec Julie.
Cidalise doit être une femme accomplie.

LE COMTE.

N'est-il pas vrai ?

CLEON.

Sans doute. Il faut que vous m'aidiez.

LE COMTE.

Qu'exigez-vous de moi ?

CLEON.

Que vous me dégagiez.
Allez trouver Julie, & lui faites comprendre
Que d'un nouvel amour je n'ai pû me défendre.
Que comme nos humeurs . . . . ,

LE COMTE.

Ne me prescrivez rien ;
Je sçais ce qu'il faut dire, & je le dirai bien.

CLEON.

Mais je vous charge là d'un compliment bien triste.

LE COMTE.

Au contraire ; & pourvû que votre cœur persiste ;
Vous ne pouviez me faire un plaisir plus charmant,
Que de me charger moi, d'un pareil compliment.
Je vais m'en acquitter en ami trés-fidéle,
S'il ne faut que cela pour vous prouver mon zéle.

CLEON *l'embrassant.*

Vous êtes un ami comme l'on n'en voit point.

LE COMTE *en souriant.*

Oh que pardonnez-moi.

CLEON.

Vos bontés....

LE COMTE.

Un seul point
M'arrête.

CLEON.

Quel est-il ?

LE COMTE.

Julie & vous sans doute,
Vous êtes engagés ; je ne sçai qu'une route
Par où de ses liens vous puissiez échapper ;
(Car votre changement doit beaucoup la frapper.)
C'est que vous l'obligiez à ne point mettre obstacle
A vos projets.

CLEON.

Comment ferez-vous ce miracle ?

LE COMTE.

J'en puis venir à bout, si vous y consentez.

CLEON.

Volontiers.

LE COMTE.

Pour lever toutes difficultés,
En cette occasion usons de politique ;

Envoyez à Julie un présent magnifique,
Pour lui faire agréer que vous rompiez tous [illegible]
Et qu'il vous soit permis de former d'autres [illegible]
Vous sçavez à quel point elle est interessée.

CLEON.

C'est bien dit.

LE COMTE.

Le hazard seconde ma pensée.
(*Il tire un écrain.*)
Voici les diamans que vous lui destiniez,
Le fameux usurier de qui vous empruntiez
Les avoit pris en gage, & vient de me les rendre.
Je les porte à Julie, & les lui ferai prendre
Comme un prix éclatant de votre liberté.

CLEON.

Ce projet me paroît assez bien concerté,

LE COMTE.

Quarante mille écus ne sont pas une somme
Que l'on doive épargner pour rompre en galant homme.

CLEON.

Déja mille presens ont dû la contenter.

LE COMTE.

Pour nous défaire d'elle il faut bien la tenter.

CLEON.

Je m'abandonne à vous.

LE COMTE.

Je vais trouver Julie.
Rentrez, je rejoindrai bientôt la compagnie,
Et je vous rendrai compte à l'oreille, en deux mots,
De ce que j'aurai fait.

CLEON *l'embrassant.*

Je vous dois mon repos.

SCENE IX.

LE COMTE.

Je la méne où je veux, sans une peine extrême,
Et le pauvre garçon s'est enferré lui-même.
L'occasion me rit, il faut en profiter,
Puisque j'ai les moyens de me faire écouter.

SCENE X.

LE COMTE, JULIE, FINETTE.

JULIE *à Finette.*

Oui, je reviens chez lui, quoi qu'avec répuguance,
Mais il faut lui montrer un peu de complaisance.

FINETTE.

Il vous la payera bien

JULIE *en riant.*

C'est mon intention.

(*Elle apperçoit le Comte & double le pas.*)

LE COMTE *l'arrêtant.*

Madame, où courrez-vous ?

JULIE.

On m'a dit que Cleon
M'attendoit.

LE COMTE.

Non, Madame, & même il vous conjure

E iij

De ne le plus revoir.

JULIE.

Moi ?

LE COMTE.

Vous, je vous assure.

JULIE *voulant avancer.*

Vous vous moquez, je crois.

LE COMTE *la suivant.*

C'est lui qui m'a chargé

Du compliment.

FINETTE *au Comte.*

Comment ? On nous donne congé ?

LE COMTE.

Congé très-absolu, s'il faut que je le dise.

JULIE.

D'où lui vient ce caprice ?

LE COMTE.

Il aime Cidalise.

JULIE *en riant & voulant avancer.*

Oh, n'est-ce que cela ?

LE COMTE.

Le fait est sérieux ;
Et c'est un parti pris. Faut-il le prouver mieux,
Je vous apporte ici ce present magnifique

(*Il lui montre l'Ecrain.*)

Pour vous en consoler.

FINETTE *voulant le prendre.*

Donnez.

LE COMTE.

Mais je m'explique.
C'est à condition que vous lui permettrez
De suivre son penchant.

JULIE *d'un air noble & fier.*

Monsieur, vous lui direz
Que mon intention n'est point de le contraindre
Sur nos engagemens qu'il souhaite d'enfreindre ;
Que je l'en rends le Maître, & que je fais des voeux
Pour qu'une autre que moi puisse le rendre heureux,

[illegible] jours [illegible] douces ; & qu'au surplus
j'accepte
[illegible] present qu'il me fait.

PINETTE *prenant l'Ecrain.*

Bon cela. Le précepte
[illegible]'on m'a le plus prêché, que j'ai le mieux suivi,
C'est qu'il faut toujours prendre.

LE COMTE *à Julie.*

Il sera très-ravi
D'un procedé si doux, & vous verrez, Madame,
A quel point il se livre à sa nouvelle flame.
Cidalise l'enchante ; il n'attend plus que moi
Pour lui sacrifier & son cœur & sa foi.

JULIE *en souriant.*

Ils sont faits l'un pour l'autre.

LE COMTE.

Oserois-je vous dire
Que l'unique bonheur pour lequel je soupire
C'est que son inconstance & son aveuglement
Vous fassent écoûter un plus fidéle Amant.
Vous le voyez en moi. Depuis que je vous aime
Les présens de Cleon viennent moins de lui-même,
Que du tendre penchant que je sentois pour vous.
De mon pouvoir sur lui l'effet m'étoit bien doux,
Puisqu'il étoit utile à l'objet que j'adore.
Il me reste un moyen de vous servir encore,
Et devant qu'il soit peu vous en verrez l'effet.
De ce que je veux faire, & de ce que j'ai fait
Je demande le prix, accordez-le, Madame,
Aux preuves, aux transports de la plus vive flame.
Je vous offre ma foi ; la vôtre est tout à vous ;
Dans le plus tendre Amant, acceptez un Epoux.
Je sçais bien que toujours circonspecte & sévére
Votre vertu vous tient soumise à votre Pere ;
Consentez-y, Madame, & je vais lui parler.

JUL[illegible]

Vous le pouvez, Monsieur.

LE COMTE.

Mais, sans différer,

Si je puis obtenir que le Baron prononce [illegible]

En ma faveur....

JULIE.

Pour lors je vous ferai réponse.

LE COMTE.

Cela suffit, Madame, & je n'oublierai rien,

Comptant sur votre aveu, pour obtenir le [illegible]

SCENE XI.

JULIE, FINETTE.

JULIE *en souriant.*

AH s'il peut l'obtenir, je consens qu'il m'épouse.

Le perfide!

FINETTE.

Après tout, n'êtes-vous point jalouse

De Cidalise?

JULIE *en riant.*

Moi? Non, Finette, à coup sûr.

FINETTE.

Un congé cependant est un morceau bien dur.

Au fond j'en suis piquée, & j'en rougis de honte.

JULIE.

Moi, j'en ris de bon cœur. C'est un des tours du Comte.

FINETTE.

Mais enfin si Cleon...

JULIE.

Dès que je le voudrai;

[illegible] esclave à mes pieds je le rappellerai.
[illegible] est de la vertu l'ascendant légitime.
[illegible] amour est tout puissant, s'il regne avec l'estime.

FINETTE *ouvrant l'Ecrain.*

[illegible] tout cas, nous avons de quoi nous soutenir.

JULIE.

Allons chercher mon pere. Il faut le prévenir
Sur les offres du Comte, & dicter sa réponse,
Qui doit être pesée avant qu'il la prononce.

FINETTE.

Oüi, oüi, trompons celui qui trahit son ami.
Il faut avec un fourbe être fourbe & demi.

Fin du second Acte.

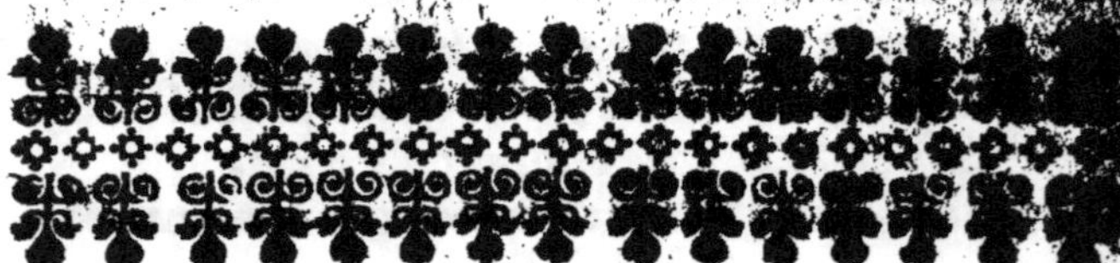

ACTE III.

SCENE PREMIERE.

PASQUIN *seul.*

Quel éclat ! Quel fracas ! quelle diable de vie !
Quoi quarante couverts, & la table remplie !
Des vins de tous païs, tant de mets délicats,
Qu'une ville, je croi, ne les mangeroit pas.
Trente musiciens, symphonistes avides,
Qui sont entrés céans la bourse & le corps vuides ;
Qui convoitant les plats, font jurer leur archet,
Et s'en vont tour à tour s'enyvrer au buffet.
Des galans pleins de vin qui déclarent leurs flâmes ;
Par dessus tout cela, le caquet de vingt femmes,
Et Cleon transporté qui ne s'occupe à rien,
Qu'à provoquer les gens à dévorer son bien.

SCENE II.

FINETTE, PASQUIN.

FINETTE.

AH te voilà Pasquin? Que fais tu?

PASQUIN.

Je médite
Sur les faits de mon Maître. O cervelle maudite!

FINETTE.

Comment, cela t'afflige?

PASQUIN.

Eh puis-je sans douleur
Voir périr tous les biens de ce Dissipateur?
Les trésors de Crésus ne pourroient lui suffire.

FINETTE.

Crois-moi, profitons-en, & n'en faisons que rire.
L'exemple de ce chien que tu citois tantôt
M'a frappée; & je vois que c'est un grand défaut
Que de s'embarrasser des sotises des autres.
Vos affaires vont mal, & nous faisons les nôtres;
C'est ce qui me console.

PASQUIN.

Oh le bon petit cœur!

FINETTE.

Les scrupules avoient suspendu mon ardeur,
Mais je m'en suis guérie.

PASQUIN.

Aussi fait ta Maîtresse.
Qu'elle a bon appétit!

FINETTE.

Elle [illegible]
Complaisance, [illegible], [illegible]
Elle met tout en œuvre, & profite toûjours [illegible]
Mais le meilleur de tout, c'est que [illegible]
Comte
S'intéresse pour nous très-vivement.

PASQUIN.

[illegible]
Que vous n'y perdrez pas.

FINETTE.

Tu sçais bien que Gripon
Votre honnête Intendant, est un maître fripon.

PASQUIN.

Le fait est clair. Eh bien?

FINETTE.

Le Comte le menace
De le faire danser au milieu d'une place,
Si de son brigandage il ne fait pas raison.
Gripon qui sent son cas digne de pendaison,
Vient de nous apporter par les ordres du Comte,
Soixante mille écus, dont on lui tiendra compte
Sur ce qu'il doit lâcher par restitution.
Sa taxe étant payée, on portera Cléon
Par l'appas toûjours sûr d'une modique somme,
A signer que Gripon est un très-honnête homme.
Tel est le marché fait entre le Comte & lui.

PASQUIN.

Quel est le plus fripon de vous tous?

FINETTE.

Aujourd'hui
Pareille question est un peu trop subtile.
On passe sur l'honnête, & l'on songe à l'utile.

PASQUIN.

Ta Maîtresse, à coup sûr, s'occupe du dernier,
Et laisse aux sots, le soin de songer au premier.

FINETTE.

Ma Maîtresse prétend que rien n'est plus honnête,
Que sa façon d'agir, & se fait une fête
De ruiner Cleon, afin de lui garder
Ce qu'elle sauvera.

PASQUIN.

Pour me persuader
Il me faut des effets. Ils vont bientôt paroître,
Le dénoûment approche.

FINETTE.

Il approche?

PASQUIN.

Oui. Mon Maître
Sans s'en appercevoir est ruiné tout net.
Il brille, mais ma foi c'est en faisant binet.
On va, pour l'achever, joüer un jeu terrible.
Mon Maître taillera. Crois-tu qu'il soit possible
Qu'il évite sa perte? Il joüe étourdiment,
Tient tout, & ne voit rien. Tu juges aisément
Que sa banque se fond en joüant de la sorte,
Et que ce qu'il y met, tout le monde l'emporte,

FINETTE.

Il faut que ma Maîtresse en tire aussi sa part,
Car elle sçait à fond tous les jeux de hazard,
Et son bonheur, au moins égale son adresse.

PASQUIN.

Mais, Cleon m'a-t-on dit, rompt avec ta Maîtresse.

FINETTE.

Cette rupture-là nous inquiéte peu,
D'ailleurs, pour son argent, chacun se met au jeu,
C'est la régle.

PASQUIN.

Courage. Achevez le pauvre homme.
Les autres l'ont blessé, ta Maîtresse l'assomme.
Encor si son cher oncle avoit la charité
De se laisser mourir! Cleon ressuscité
Reprendroit son éclat; mais, morbleu, le vieux reistre

A déja si souvent réchappé mon cher Maître.

FINETTE.

Les loix devroient défendre à ses vieux [illegible]
Qui ne sont bon à rien, de passer soixante ans.
Mais ces oncles malins sont cloüés à la vie.

PASQUIN.

Le nôtre est tous les ans deux fois à l'agonie.
Un courrier diligent vient nous en avertir.
Pour aller l'enterrer nous songeons à partir,
Quand un autre courrier qui jusqu'au cœur nous
frappe,
Arrive, & nous apprend que le traître en réchap-
pe,
Malgré deux Médecins qui ne le quittent pas.

FINETTE.

Deux Médecins n'ont pu lui donner le trépas?
Il ne mourra jamais.

PASQUIN.

Je ne suis point tranquille.
On vient de m'avertir qu'il est en cette Ville.
Ah, si ce vieux avare alloit venir céans
Pendant tout le fracas que l'on fait là-dedans!
Lui qui mene une vie & misérable & dure,
Il déshériteroit son neveu.

FINETTE.

Chose sûre.
Tu devrois prévenir.....

PASQUIN.

Morbleu tout est perdu.
Voici l'homme lui-même. Il n'est point attendu;
O le malin Vieillard! Il s'est mis dans la tête
De venir nous surprendre, & de troubler la fête.
Que lui dire? Aide-moi.

FINETTE.

J'y ferai de mon mieux.
Il se parle, écoutons.

(Ils se rangent dans un coin du Théatre.)

SCENE III.

GERONTE, FINETTE, PASQUIN.

GERONTE *sans les voir.*

Oui, je suis curieux
De voir si mon neveu, comme le dit sa lettre,
S'est si bien réformé; car tenir & promettre
Ce sont deux.

PASQUIN *à part.*

Vraiment oui.

GERONTE.

Si je l'en croi, pourtant,
Il vit comme un Caton. Que je serois content
S'il m'avoit mandé vrai!

PASQUIN *à Finette.*

Bon, voilà notre texte.
Il faut broder dessus; & sous quelque prétexte
Eloigner ce fâcheux.

FINETTE.

Commence, j'appuirai.

GERONTE.

S'il me trompe, jamais je ne le reverrai,
Et de tous mes grands biens je ferai le partage,
Entre gens qui sçauront en faire un bon usage.

PASQUIN *à Finette.*

Ne te l'ai-je pas dit?

FINETTE.

Le péril est pressant.

PASQUIN.

Abordons-le, & prenons l'air tendre & caressant.
(*Pasquin lui embrassant les genoux.*)
Ah, Monsieur, est ce vous?

FINETTE *lui prenant les* [illegible]

Quel bonheur! [illegible]

De vous revoir!

PASQUIN.

Monsieur, il suffit qu'on vous [illegible]

Pour sentir des transports....

GERONTE.

Bonjour. Et mon [illegible]

Comment se porte-t-il?

PASQUIN.

Assez bien depuis [illegible]

GERONTE.

Depuis peu! Comment donc? A-t-il été mala[de]

PASQUIN.

Oui. L'étude, à mon sens, est un plaisir bien [illegible]

Cependant, c'est le seul auquel il s'est réduit.

La lecture à present l'occupe jour & nuit.

GERONTE.

Tout de bon? La nouvelle est pour moi b[ien] charmante.

Mais, à dire le vrai, je la trouve étonnante.

PASQUIN.

Trop d'application l'a fort incommodé;

Mais sa santé revient.

GERONTE.

Il ne m'a point man[dé]

Qu'il eût été malade.

PASQUIN.

Helas! il n'avoit ga[rde]

GERONTE.

Pourquoi?

PASQUIN.

Vous affliger? Voulez-vous qu'il haza[rde]

Une santé, l'objet de son attention?

Car il se sent pour vous une inclination!

Un amour! un respect! .... Demandez à Fin[ette.]

FINETTE.

Tenez, Monsieur, depuis qu'il vit dans la retrai[te]

...amitié pour vous s'est augmentée encor.
...en estat au neveu qui vaut son pesant d'or.
... à Pasquin.

GERONTE.

Vous me comblez de joye;
... le voilà sage, & dans la bonne voye.

FINETTE.

On n'y peut être mieux. C'est une gravité,
C'est une modestie, une docilité,
Une discretion ! ....

GERONTE.

Fort bien, ma douce amie,
Mais vous ne parlez point de son œconomie,
C'est le point capital.

FINETTE.

Bon ! il est trop mesquin;
Trop dur.

GERONTE.

Me dis-tu vrai ?

FINETTE.

Demandez à Pasquin.

PASQUIN.

Son ménage à present va jusqu'à l'avarice.

GERONTE.

O le brave garçon ! On dit que c'est un vice.

FINETTE.

... donc.

GERONTE.

Mais, à mon sens, le plaisir d'amasser
Surpasse infiniment celui de dépenser.

PASQUIN.

Voilà ce qu'il nous dit.

GERONTE.

Mais, c'est donc un autre homme ?

PASQUIN.

Oui, Monsieur. Sçavez-vous qu'à present on le nomme
Le petit Arpagon,

GERONTE.

Vous me flattez.

FINETTE.

Qui, nous !

Je vous jure qu'il est aussi ladre que vous,
C'est tout dire.

PASQUIN.

Oüi ma foi.

GERONTE *tirant son mouchoir.*

Sur mon honneur, je pleure
De surprise & de joye. Il faut que tout à l'heure
Je l'embrasse.

PASQUIN *l'arrêtant.*

Ah, Monsieur, n'entrez pas.

GERONTE.

Et pourquoi ?

PASQUIN *embarrassé.*

Demandez à Finette; elle sçait mieux que moi.

FINETTE.

Monsieur... c'est qu'il s'est fait... une étrange habitude...
Pendant toutes les nuits... il s'applique à l'étude,
Et ne s'endort jamais... qu'après qu'il a dîné.

GERONTE.

Parbleu plus vous parlez, plus je suis étonné;
Un pareil changement ne sçauroit se comprendre.
Mon neveu qui jamais n'a voulu rien apprendre,
Qui haïssoit l'étude à la mort, maintenant
Passe les nuits à lire !

PASQUIN.

Il est plus surprenant
De l'avoir vû prodigue, & de le voir avare.

FINETTE.

L'homme est un animal si changeant ! si bizare !

GERONTE.

Mais, l'éveiller pour moi n'est pas un grand malheur.
Je veux le voir; entrons.

FINETTE *le retenant.*

Auriez-vous bien le cœur
d'interrompre son somme ?

GERONTE.

Oüi.

PASQUIN *le retenant à son tour.*

Souffrez qu'on vous dise
qu'un reveil en sursaut . . .

GERONTE *se debarrassant.*

Tarare.

FINETTE *le ratrapant.*

La surprise
peut le rendre malade ; attendez à ce soir.

GERONTE.

Non ; ma joye est trop grande, & je prétends le voir.

PASQUIN.

Puisque vous résistez à ce qu'on vous conseille,
Pour le surprendre moins souffrez que je l'éveille.

GERONTE.

Hé bien, va l'avertir que je l'attends ici.

SCENE IV.

GERONTE, FINETTE.

GERONTE.

MAis j'entends un grand bruit ! Que veut dire ceci ?

FINETTE.

... comme votre neveu donne dans les sciences,
... fait venir ici pour des expériences,
... grand nombre de Sçavans, esprits vifs, pointilleux,
... gens qui sur un fêtu, pendant une heure ou deux

En dissertations [illegible]
Et font un si grand [illegible], que [illegible]
dent.

GERONTE.

Des Sçavans !

FINETTE.

Ici près le cercle est assemblé.

GERONTE.

Le sommeil de Cleon doit en être troublé.

FINETTE.

Oh point. Car pour se mettre à l'abri du tapage
Il monte prudemment jusqu'au troisiéme étage.
Il s'endort, il s'éveille, il descend, on lui dit
Ce que l'on a conclu, dont il fait son profit.
Il faut voir quelquefois comme il les contrarie.

GERONTE.

Mais à propos, quand donc est-ce qu'il se marie ?
Julie est un parti qui lui convient très-fort.
S'il ne l'épousoit pas il auroit très-grand tort.
Je veux tout au plûtôt faire ce mariage,
Et c'est là proprement l'objet de mon voyage.

FINETTE.

Ma maîtresse, Monsieur, a demandé du tems,
Voulant par bienséance être du moins deux ans
Dans le veuvage ; elle est & modeste & prudente,
Et ne veut pas passer pour trop impatiente.
Elle doit ces égards à défunt son époux
Qu'elle honnoroit beaucoup, quoiqu'il fut vieux &
jaloux,
Usé, cassé, gouteux, quinteux, & lunatique.

GERONTE.

Tu fais de lui vraiment un beau panégirique.
Je sçais bien que sa veuve a beaucoup de [illegible]
Et qu'avec ce vieillard elle a très-bien vécu [illegible]
Mais ce qui charme en elle, & passe tout le [illegible]
C'est qu'elle est œconome autant qu'elle est mo-
deste.
Voilà le frein qu'il faut donner à mon neveu.

FINETTE.

[illegible] fils, & cela se peut faire dans peu,
[illegible] nous pourrions à la fin des deux ans de veuvage.

GERONTE.

[illegible], puisque Cleon est devenu si sage,
[illegible] ne vois plus d'obstacle à cet engagement.

SCENE V.

GERONTE, CLEON, PASQUIN, FINETTE.

CLEON *accourant les bras ouverts.*

JE revoi mon cher oncle ! Ah quel ravissement !

GERONTE.

Venez, embrassez-moi ; ce que j'apprends me charme,
Grace au Ciel me voilà hors de crainte & d'allarme.
Vous n'êtes plus le même, à ce que l'on me dit.
Quel heureux changement !

CLEON *d'un air sérieux.*

J'ai bien fait mon profit
De vos sages discours, de vos lettres prudentes.

PASQUIN.

Oh oüi.

CLEON.

Des jeunes gens les passions ardentes
Les entraînent souvent dans des égaremens ;
Mais pour les bons esprits, il est de bons momens.
Après beaucoup d'efforts j'ai reformé ma vie.
Vous imiter, vous plaire est toute mon envie.
J'ai pris le bon chemin, & j'y veux demeurer.

FINETTE à Geronte.

Vous voyez.

PASQUIN à Geronte.

Comme vous cela me fait plaisir !
N'êtes-vous pas touché d'une telle reforme ?

GERONTE à Cleon.

Oüi ; mais pendant la nuit la santé veut qu'on dorme.
On s'échauffe à veiller.

CLEON.

Oh je ne veille plus.

GERONTE.

On m'assure pourtant . . .

CLEON.

C'est un mensonge.

PASQUIN.

Abus.
De prétendre cacher la mauvaise habitude
Que vous avez.

CLEON.

De quoi ?

PASQUIN lui faisant des signes.

De donner à l'étude
Toutes les nuits, au lieu de les passer au lit.
Monsieur sçait votre train, & nous avons tout dit.

CLEON à Geronte.

Il faut vous l'avoüer, jour & nuit j'étudie.

GERONTE.

Je ne m'étonne plus de votre maladie.

CLEON surpris.

Je ne suis point malade, & ne l'ai point été.

FINETTE.

Quoi ? Les veilles n'ont pas troublé votre santé ?
Vous n'avez pas senti de certaines atteintes ? . . . .

PASQUIN.

Eh que diable, Monsieur, mettons bas toutes feintes.
Oserez-vous nier que l'application ? . . .

CLEON *embarrassé.*

[illegible] oui, j'ai senti... quelque altération ... à
[illegible] l'excès du travail; & n'osois vous le dire
[illegible] peur de vous fâcher, mais...

PASQUIN.

Moi, pour un empire

(à Geronte.)

[illegible] ne mentirois pas. Avec tous ses efforts,
[illegible] Mon maître se ruine & l'esprit & le corps.

GERONTE *en colere.*

[illegible] ne veux point cela.

CLEON.

Mon oncle, la science
A des attraits si vifs !

GERONTE.

J'ai fait l'expérience,
Mon neveu, qu'un Docteur est souvent un grand sot.
L'étude appesantit, & n'est point votre lot.
On peut par ci, par là, vaquer à la lecture,
Mais c'est folie à vous de forcer la nature.
A gouverner vos biens soyez très-diligent,
Mangez peu, dormez bien, & comptez votre argent,
Quand vous vous ennuyez.

CLEON.

J'en fais tous mes délices.

GERONTE.

Plus on aime l'argent, & moins on a de vices;
Le soin d'en amasser occupe tout le cœur,
Et quiconque s'y livre y trouve son bonheur.
Un ami qu'on implore, ou refuse ou chancelle;
L'argent est un ami toujours prompt & fidéle.
Le plaisir d'entasser vaut seul tous les plaisirs.
Dès qu'on sçait que l'on peut remplir tous ses desirs,
Qu'on en a les moyens, notre ame est satisfaite.
[illegible] tout ce que je vois je puis faire l'emplette,

[illegible] cela me suffi[illegible]
Il ne tiendroit qu'à moi [illegible]
Me dis-je. J'apperçois une femme [illegible]
Je l'aurai si je veux, & cela me contente [illegible]
Enfin, ce que le monde a de plus spécieux [illegible]
Mon coffre le renferme, & je l'ai sous mes yeux [illegible]
Sous ma main; & par là, l'avarice qu'on [illegible]
Est le plaisir des sens, & le charme de [illegible]

CLEON.

Que c'est bien dit, mon oncle! Aussi mon [illegible] grand soin
Est de thésauriser.

PASQUIN.

J'en suis un bon témoin.
C'est un charme de voir comme mon maître amasse.

CLEON.

J'ai beaucoup dépensé, mais à la fin tout lasse;
Je n'ai plus de plaisir qu'à compter de l'argent.

FINETTE.

Et qu'à le dépenser... comme un homme pruden[illegible]

GERONTE.

Fort bien.

CLEON.

Je ne veux plus manger mon bled en [illegible]

GERONTE.

Vous portez là pourtant un habit bien superbe[illegible]

CLEON.

J'acheve de l'user, au lieu de le donner.

GERONTE.

Bon. Quand il sera vieux faites-le retourner,
Puis il vous durera cinq ou six ans encore.

CLEON *lui faisant la révérence.*

Je n'y manquerai pas.

GERONTE.

Le faste...

CLEON.

Je l'abh[illegible]

GERONTE.

GERONTE.

Toujours thesauriser ?

CLEON.

Sans doute.

GERONTE.

Voyez-moi ;
Je porte cet habit depuis dix ans, je croi,
Et je veux le porter encor plus de dix autres.

PASQUIN *à part.*

Dieu nous en garde !

GERONTE.

Quoi ?

PASQUIN.

Je lui dis que les nôtres
Sont riches à l'excès, & qu'il faut nous garder
Désormais de ce luxe. Ah! qu'on va brocarder
Sur notre œconomie !

FINETTE.

Et qu'importe qu'on raille ?
Accumulez toujours.

GERONTE.

C'est bien dit. La canaille
Quand je passe, m'insulte & me siffle souvent.
J'entre, j'ouvre mon coffre, & puis mon cher argent
Me console. J'en ai de quoi remplir deux pipes :
Outre cet argent là, mes meubles & mes nippes ;
J'ai de revenu clair trois cens bons mille francs,
Et n'en dépense pas trois mille tous les ans.
Aussi mon tas s'accroît ! il se renfle !

PASQUIN.

Le nôtre
Ne se renfle pas tant, mais nous visons au vôtre,
Et nous y parviendrons.

FINETTE.

Dans peu je vous réponds
Que votre cher neveu sera si bien en fonds,
Qu'il ne comptera plus.

CLEON [illegible]

Oui, [illegible]
Est d'atteindre à vos biens.

GERONTE.

Que j'ai l'ame ravie
De voir qu'il tienne enfin de son pere & de moi!
Continuez, mon cher, vous irez loin.

PASQUIN.

Ma foi,
C'est très-bien dit.

GERONTE.

D'honneur à la fin je me pique;
Et je m'en vais vous faire un présent magnifique
Pour vous récompenser de tout ce que j'apprends.
(*Il tire une petite bourse de cuir.*)
Tenez, mon cher neveu, voilà quatre cens francs
Que je vous donne.

CLEON.

A moi?

GERONTE.

Faites-en bon usage.
Je serai liberal tant que vous serez sage.

CLEON *en soûriant.*

Vos libéralités sont touchantes.

PASQUIN *bas à Cleon.*

Prenez.

CLEON *bas à Pasquin en lui donnant la bourse.*

Tiens Pasquin.

PASQUIN *bas à Cleon.*

Grand merci.

GERONTE *à Cleon.*

Comment, vous lui donnez
Mon argent!

PASQUIN.

Oui, Monsieur, mais c'est pour sa dépense.
Comme c'est en moi seul qu'il met sa confiance,
Il me charge du soin d'acheter, de payer,

GERONTE.

Mais n'es-tu point fripon ? Songe à bien employer
Cette somme. Après tout elle est considérable.

PASQUIN.

Aussi servira-t-elle à défrayer sa table
Pendant plus d'un grand mois.

GERONTE *embrassant Cleon.*

Ah je suis enchanté !

SCENE VI.

CLEON, LE BARON, GERONTE, PASQUIN, FINETTE.

GERONTE *allant au devant du Baron.*

Mon ami, prennez part à ma félicité ;
Souffrez qu'entre vos bras mon transport se déploye.

LE BARON *l'embrassant.*

Bonjour, mon cher Geronte.

PASQUIN *à Finette.*

Ah, voici rabat-joye !
Avec ses vérités il s'en va tout gâter.
Comment le prévenir ?

FINETTE.

Je m'en vais le tenter.

(*au Baron bas.*)

Monsieur, un petit mot.

LE BARON.

(*à Finette*). (*à Geronte.*)

Paix. Sçachons donc, je vous prie,
D'où naissent vos transports ?

GERONTE.

Mon ame est attendri[e]

De voir que mon neveu....

LE BARON.

La mienne l'est aussi,

Et je compatis fort aux chagrins....

GERONTE.

Dieu merci,

Je n'ai plus de sujet d'en avoir.

LE BARON.

Moi, je pens[e]

Que si jamais....

FINETTE *bas au Baron.*

Monsieur, un moment d'audience;

Nous avons....

LE BARON *la repoussant.*

(*à Geronte.*)

Ote-toi. Je....

PASQUIN *tirant le Baron.*

Deux mots à l'écart.

LE BARON *fort haut.*

Eh? Plait-il?

PASQUIN *bas.*

Ecoutez.

LE BARON *à part.*

Que me veut ce pendard?

PASQUIN *bas au Baron.*

Monsieur, c'est que....

LE BARON *le poussant rudement.*

Tais-toi.

PASQUIN *à part.*

Que la peste te créve!

(*à Cleon bas*)

Aidez-nous. Il s'agit d'empêcher qu'il n'achève,

Ou vous êtes perdu.

LE BARON *à Geronte.*

Je suis très-étonn[é]

De vous voir si joyeux.

CLEON *au Baron.*

Il m'a tout pardonné,
Monsieur, laissons cela.

LE BARON *à Geronte.*

Vous étes bien facile !
Ah si vous m'en croyez !....

CLEON *au Baron.*

Vous venez de la ville ?
Que dit-on de nouveau ?

LE BARON.

Ce qu'on dit ? Ah vraiment
On parle assez de vous.

GERONTE *au Baron.*

C'est sur son changement.

CLEON *à Geronte.*

Sans doute.

GERONTE *au Baron.*

Tout le monde est bien surpris, je pense ?

LE BARON.

En doutez-vous ? Chacun fronde sur sa dépense.

PASQUIN *à Geronte.*

Qu'il vient de retrancher. Rien n'est plus étonnant.

LE BARON *à Cleon.*

Vous l'avez retranchée ?

CLEON *au Baron.*

Ah, Monsieur, maintenant
Je suis bien revenu de mes erreurs passées,
Et mes dépenses sont tellement compassées !
Je suis si réformé !....

LE BARON.

Me prend-on pour un fou ?
Quand on me parle ainsi ? Vous réformé ! Par où ?
Depuis quand ?

CLEON *faisant des signes au Baron.*

Il suffit que mon oncle le croie ;
Et vous avez grand tort d'interrompre sa joye.
Enfin, il est content, très-content.

PASQUIN.

J'y vais mettre mes soins.

LE BARON.

En effet

Le bon-homme a tout lieu d'être très satisfait.

GERONTE.

Aussi suis-je, & ma joye égale ma surprise.

LE BARON.

Allez, vous radotez, s'il faut que je le dise.

GERONTE *en colere.*

Comment donc?

PASQUIN *à Geronte qu'il tire à part.*

Gardez-vous d'écouter ce qu'il dit:

Depuis deux ou trois mois il a perdu l'esprit.

GERONTE *bas à Pasquin.*

Tout de bon?

CLEON *bas à Geronte.*

Oui, mon Oncle, à toute heure il s'égare,

Et dans ce moment ci, son accès se déclare.

FINETTE *à Geronte bas.*

Quand on le contredit il devient furieux.

GERONTE *reculant.*

La peste!

CLEON *bas à Geronte.*

Voyez-vous la bile dans ses yeux!

GERONTE *bas à Cleon.*

Mais effectivement il paroît en furie.

LE BARON *d'un ton de colere.*

Quel colloque avez-vous à l'écart, je vous prie?

Entendez vous le bruit que l'on fait là-dedans?

GERONTE.

Oui. Mon neveu chez-lui rassemble des Sçavans

Qui disputant entr'eux....

LE BARON.

Des Sçavans! La cervelle

Vous tourne assûrément. Vous me la donnez belle

Avec vos Sçavans!

GERONTE.

Mais....

LE BARON *à Geronte.*

Suivez-moi, vous verrez

Des [illegible] qui vous divertiront,

Et qui font rude guerre à la mélancolie.

CLEON *bas à Geronte.*

Mon oncle, vous voyez jusqu'où va sa folie;

GERONTE *bas à Cleon.*

Il me fait grand pitié!

LE BARON *en riant.*

Parbleu vous en tenez

Avec vos Sçavans. Ah!

GERONTE *d'un ton piqué.*

Pourquoi me rire au nez?

PASQUIN *bas à Geronte.*

Eh ne l'irritez point, il est dans son délire.

CLEON *à Geronte bas.*

Souvent dans ses accès il se pâme de rire.

LE BARON *riant à gorge déployée.*

Des Sçavans! Le bon tour que l'on vous joüe ici!

Des Sçavans!

(Il rit encore plus fort.)

GERONTE *à Cleon.*

Sur mon ame il me fait rire aussi.

Oui, Baron, des Sçavans.

(Il rit de tout son cœur.)

LE BARON *riant de plus en plus.*

La scene est excellente.

GERONTE *riant comme lui.*

Par ma foi, notre ami, vous la rendez plaisante.

(Les deux Vieillards rient démesurément en se moquant l'un de l'autre.)

PASQUIN *bas à Cleon.*

Ils vont crever tous deux.

CLEON *bas à Pasquin.*

Plût à Dieu! Mais du moins

Tâche à m'en délivrer.

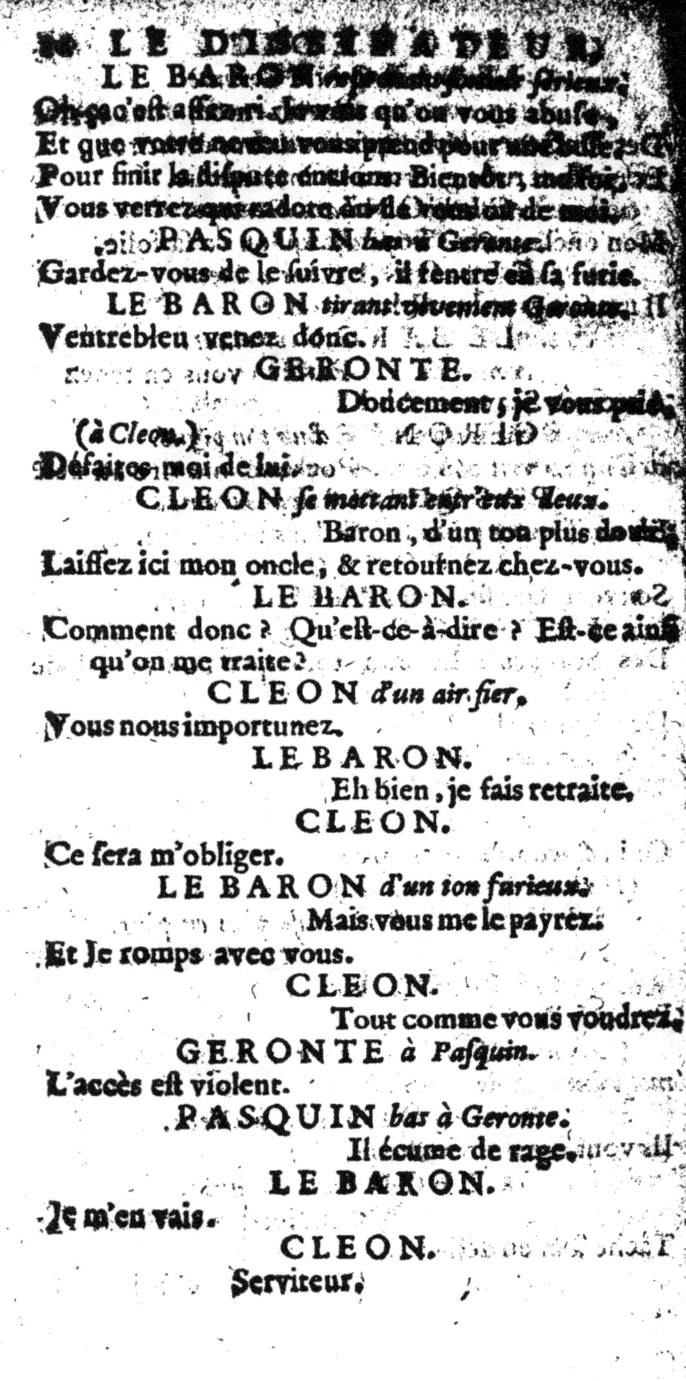

LE BARON [illegible] *furieux.*

[illegible] c'est [illegible] qu'on vous abuse,
Et que votre neveu vous prend pour une buse.
Pour finir la dispute [illegible] Bientôt, [illegible]
Vous verrez [illegible] de moi.

PASQUIN *bas à Geronte.*

Gardez-vous de le suivre, il entre en sa furie.

LE BARON *tirant violemment Geronte.*

Ventrebleu venez donc.

GERONTE.

Doucement, je vous prie.
(*à Cleon.*)
Défaites-moi de lui.

CLEON *se mettant entr'eux deux.*

Baron, d'un ton plus doux,
Laissez ici mon oncle, & retournez chez-vous.

LE BARON.

Comment donc ? Qu'est-ce-à-dire ? Est-ce ainsi qu'on me traite ?

CLEON *d'un air fier.*

Vous nous importunez.

LE BARON.

Eh bien, je fais retraite.

CLEON.

Ce sera m'obliger.

LE BARON *d'un ton furieux.*

Mais vous me le payrez.
Et je romps avec vous.

CLEON.

Tout comme vous voudrez.

GERONTE *à Pasquin.*

L'accès est violent.

PASQUIN *bas à Geronte.*

Il écume de rage.

LE BARON.

Je m'en vais.

CLEON.

Serviteur.

PASQUIN.

J'y vais mettre mes soins.

LE BARON *très brusquement.*

Adieu, Monsieur le sage.

(Comme il veut sortir), il entend la voix du Marquis, & s'arrête.

SCENE VII.

CLEON, LE BARON, GERONTE, LE MARQUIS, FINETTE, PASQUIN.

LE MARQUIS *chante en entrant, tenant une serviette. Il est yvre*

Bacchus doit régner le jour,
La nuit doit être à l'amour.

Eh, Cleon.

CLEON *à part.*

Le bourreau!

PASQUIN *à Finette.*

Le Marquis! Comment faire?

LE BARON.

Ah, c'est Mosieur mon fils!

LE MARQUIS.

Bonjour, Monsieur mon Pere.

(à Cleon.)

Comment vous portez-vous? Que fais-tu donc ici
Avec ces bonnes-gens?

CLEON.

Eh, tu me perds.

LE BARON *à Geronte.*

Voici

Un des Sçavans.

GERONTE.

O Ciel!

LE BARON.

[illegible]

LE MARQUIS.

Nous sommes là-dedans plus de quarante ensemble.

GERONTE.

Plus de quarante!

LE MARQUIS *lui frapant sur l'épaule.*

Oui. Bonjour, vieux roquentin.
Vous me voyez bien rond. Quand on a de bon vin,
On boit à ses amours, cela grimpe à la tête,
Et le cœur s'attendrit. Mon cher Cleon, ta fête
Te coûtera bon; mais elle te fait honneur.

LE BARON *à Geronte.*

Faites la révérence à monsieur le Docteur.

GERONTE *à Cleon.*

Ah ah, c'est donc ainsi qu'on me berne!

CLEON *à part.*

J'enrage.

LE MARQUIS *à Geronte.*

Entrez, vous allez voir un fort joli ménage.

GERONTE *à Pasquin.*

Eh bien, maître fripon.

PASQUIN *s'esquivant.*

Très-humble serviteur.
Je m'en vais prendre aussi le bonnet de Docteur.

GERONTE

(*à Finette.*)

Le scélérat! Et toi, Madame l'impudente,
Peux-tu?...

FINETTE *lui faisant la révérence.*

Mon cher Monsieur, je sui votre servante.
Si vous avez du goût pour Messieurs le Sçavans,
Comptez que jour & nuit on les trouve céans.

GERONTE *la poursuivant.*

Tu me railles encor!

SCENE VIII.

CLEON, GERONTE, LE BARON, LE MARQUIS.

LE MARQUIS *arrêtant Geronte.*

Respectez le beau sexe;
Et modérez un peu votre pas circonflexe.
Comme vous n'avez plus l'appétit sensitif,
Le sexe à vos fureurs n'est pas un correctif;
Mais moi qui le révere & qui le trouve aimable....
Allons, point de chagrin, venez vous mettre à table;
Vous verrez un festin aussi-bien entendu...

GERONTE.

Si j'en goûte un morceau je veux être pendu.

LE MARQUIS.

Je veux vous enyvrer.

GERONTE.

Qui moi?

LE MARQUIS.

Vous. Et j'espere
Choquer aussi le verre avec Monsieur mon pere.

SCENE IX.

CLEON, GERONTE, LE BARON, LE MARQUIS, LE COMTE, FLORIMON, CARTON, CIDALISE, ARAMINTE, BELISE, ARSINOE, *& plusieurs autres Convives.*

FLORIMON *à Cleon.*

Comment donc? T'éclipser au milieu d'un [illegible] pas?

LE COMTE *à Cleon.*

Nous venons vous chercher.

GERONTE

Ah bon Dieu, quel fracas [illegible]

LE BARON *à Geronte.*

Le cercle est assez beau.

ARAMINTE *à Cleon.*

J'étois impatiente

De voir où vous étiez.

CIDALISE *à Cleon.*

Peut-on être [illegible]

Où l'on ne vous voit pas?

ARSINOE *à Cleon.*

On se plaint fort de [illegible]

Qui peut donc si longtems vous [illegible] nous?

BELISE.

Vous nous donnez, Cleon, un festin [illegible]

Et vous nous plantez-là? Ce procédé [illegible]

CARTON *à Cleon.*

Tu nous fais trop languir; il faut [illegible] jeu,

...ems est précieux.

GERONTE.

Courage, mon neveu,
...réforme est complette & très-édifiante.

FLORIMON *au Marquis.*

...el est ce thomme-là ?

LE MARQUIS *prenant la main de Geronte.*

Messieurs, je vous présente
...sieur de la contrée. Un oncle gracieux,
...évenant, libéral, & qui fait de son mieux
...ur soûtenir Cleon dans sa magnificence.

CIDALISE *& toutes les Dames le saluent.*

...veut bien recevoir notre humble révérence.

LE COMTE *embrassant Geronte.*

...onsieur, en vérité, j'avois un grand désir
...e faire connoissance avec vous.

FLORIMON *l'embrassant.*

Quel plaisir
...e l'embrasser !

CARTON *faisant de même.*

Monsieur veut ben me le permettre.

LE MARQUIS.

...arbleu j'aurai mon tour ; & j'ose me promettre
...ue Monsieur sentira dans cet embrassement,
...excés de l'amitié....

GERONTE.

Doucement, doucement.

LE MARQUIS.

...ons, à toi, Cleon ; une tendre acollade.

CLEON *embrassant Geronte avec transport.*

...n oncle, mon cher oncle.

GERONTE *s'essuyant.*

Ah ! j'en serai malade.
...etire-toi, bourreau. Tu me fais outrager,
...ais avant qu'il soit peu je sçaurai m'en venger.

CLEON.

...! Lorsque mes amis s'empressent à vous plaire....

GERONTE.

Dissipe, mange, boi, ce n'est plus mon affaire.
Je t'abandonne.

LE COMTE *à Geronte.*

Au fond dequoi vous plaignez-vous ?

GERONTE.

Dequoi je me plains ?

LE COMTE.

Oui.

GERONTE.

J'ai tort d'être en courroux....

LE COMTE.

Vous ménagez pour lui. Votre sage vieillesse
Réparera bientôt des fautes de jeunesse.

GERONTE *effrayé.*

Bientôt !

LE MARQUIS.

Assurément. A parler de bon sens,
C'est une honte à vous de vivre si long-tems,
Et d'un pauvre héritier lasser la patience.

LE BARON *au Marquis.*

Insolent. Tout au moins respectez ma présence.

LE MARQUIS.

On cherche à quereller ? Je n'aime point le bruit ;
Je m'en retourne à table, & qui m'aime me suit.

(Il sort.)

CLEON.

Je suis mortifié, mon oncle....

GERONTE.

Point d'excuse,
Je n'écoute plus rien. On m'insulte, on m'abuse,
On m'outre ; c'en est fait, je ne te connois plus.

CARTON *à Cleon.*

Puisque pour l'appaiser tes soins sont superflus,
Compte sur des amis de qui la bourse ouverte
Sera prête au besoin à réparer ta perte.

ARAMINTE.

Sans doute.

BELISE.

J'en réponds.

ARSINOÉ.

Je m'en ferois honneur.

CIDALISE

[illegible] ferois mon plaisir.

FLORIMON.

Sois sûr d'un serviteur,
[illegible]énétré de tendresse & de reconnoissance.
[illegible], tu m'éprouveras quelque jour.

LE COMTE.

Il m'offense
[illegible] il ne regarde pas ce que j'ai comme à lui.

CLEON *à Geronte,*

Vous entendez.

GERONTE.

Fort-bien

LE BARON.

On vous flatte aujourd'hui,
Et jusques au besoin on vous promet merveilles:
Mais s'il vient, parlez-leur, ils n'auront plus d'oreilles.

CIDALISE.

Messieurs, m'en croirez-vous? Rejoignons le Marquis.

ARAMINTE.

Je me rends volontiers à ce prudent avis.

CLEON *à Geronte.*

Mon oncle, sans rancune & sans cérémonie
Voulez-vous prendre place avec la compagnie?

GERONTE

Va trouver ta cohuë, & me laisse en repos.

CLEON *lui faisant la révérence.*

Je me retire donc sans un plus long propos.

SCENE X.

GERONTE, LE BARON, JULIE *qui entre & qui écoute.*

GERONTE.

ALlons, passons chez vous. Qu'on appelle un Notaire.

LE BARON

Un Notaire?

GERONTE.

A l'instant.

LE BARON.

Et que voulez-vous faire?

GERONTE.

Je vais déshériter mon indigne neveu.

LE BARON.

Un si cruel dessein n'aura point mon aveu.

JULIE *avançant avec précipitation.*

Ah qu'entens-je, Monsieur! Vous sera-t-il possible
D'avoir tant de rigueur?

GERONTE.

Il est incorrigible;
Je suis inexorable, & je veux le punir.

JULIE *se jettant à ses pieds.*

Je demande sa grace, & je dois l'obtenir.
Excusez les transports de sa folle jeunesse;
Ayez pitié de moi qui l'aime avec tendresse.

GERONTE.

Je sçais que vous l'aimez: mais ce Dissipateur
Ne doit point de mes biens devenir possesseur.
Pour vous en assûrer la joüissance entiere,

m'en vais vous nommer mon unique héritiere.

JULIE.

moi, Monsieur?

GERONTE.

Oui vous. Je veux que dès ce soir
sort de mon neveu soit en votre pouvoir.
Dés long-tems je connois votre prudence insigne.
Vous le rendrez heureux s'il s'en rend moins indi-
gne,
Sinon, à son malheur vous l'abandonnerez,
Et du fruit de mes soins seule vous joüirez.
Allons, mon cher Baron, terminer cette affaire;
Du dessein que j'ai pris rien ne peut me distraire,
J'assûre à la vertu sa retribution,
Et me vange en faisant une bonne action.

Fin du troisiéme Acte.

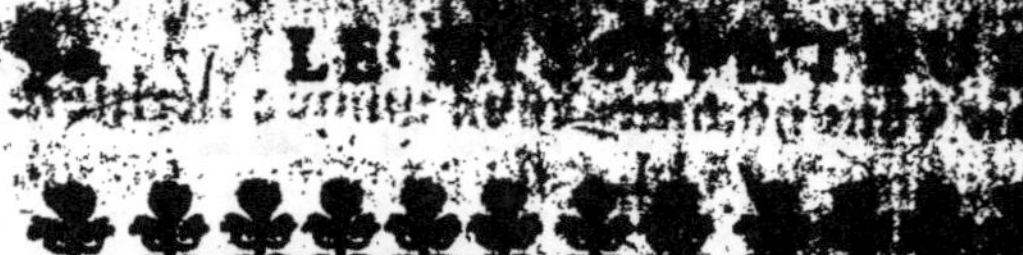

ACTE IV.

SCENE PREMIERE.

LE BARON *seul.*

L Aissons en liberté le bon-homme Geronte
Dicter son testament ; car j'aurois quelque hon
D'assister à cet acte, auquel assûrément,
Il s'est déterminé contre mon sentiment.

SCENE II.

LE BARON, LE COMTE.

LE BARON *appercevant le Comte.*

Q Ue me veut ce flatteur ? Il me cherche,
gage,
Afin de me parler touchant son mariage
Avec ma fille.

LE COMTE *à part.*

Il faut doucement aborder

Ce brutal, & tâcher de le persuader.

LE BARON *à part.*

Il a pris son rôle.

LE COMTE *à part.*

Il me hait, mais n'importe ;
Je sçais comme il faut prendre un homme de la sorte.

LE BARON *à part.*

Ah si je m'en croyois.... Mais il faut l'écouter ;
Ma fille ne veut pas encor le rebuter.

LE COMTE *après plusieurs révérences.*

Je voudrois vous parler d'une importante affaire,
Et je souhaite fort qu'elle puisse vous plaire.
Vous avez mon estime, & (j'en jure ma foi)
Je vous suis attaché sincerement.

LE BARON.

Vous ?

LE COMTE.

Moi.
De votre probité mon ame est si ravie,
Qu'avec vous je voudrois passer toute ma vie.
J'en ferois mon plaisir, ma gloire, mon bonheur.

LE BARON.

Je ne vous croyois pas charmé de mon humeur.
Vous devez la trouver fort contraire à la vôtre,
Et nous sympatisons très-peu l'un avec l'autre.

LE COMTE.

Et par quelle raison ?

LE BARON.

J'aime la vérité,
Je suis franc, cordial, & n'ai jamais flatté.
Jugez si vous & moi nous pouvons vivre ensemble.

LE COMTE.

Oui. Je ne suis rien moins que ce que je vous semble.
Si je flatte Cleon dans ses égaremens,
C'est après avoir vû que mes raisonnemens
Ne pouvoient le guérir de sa folle manie ;

Semblable au Médecin qui couvre l'agonie,
N'essaye aucun remede, & tâche seulement
Que le pauvre malade expire doucement.
Aux maux désesperés quel secret remédie ?

LE BARON.

Souvent le Médecin aigrit la maladie,
Sur tout, si par l'appas d'un intérêt present,
Il se rend au malade un peu trop complaisant.

LE COMTE *lui frappant doucement sur l'épaule.*

Vous êtes véridique, & j'aime la franchise.

LE BARON.

Ma foi, tant pis pour vous, car vous lui donnez prise.

LE COMTE *le flattant.*

Allons, vous plaisantez.

LE BARON.

Je parle tout de bon.
Soyez aussi sincere.

LE COMTE.

Il faut que la raison
A la sincerité tienne toujours la bride,
Elle s'égare trop quand elle va sans guide.

LE BARON.

Oh bien, la miene va toute seule: Aucun art
Ne dirige ses pas : elle marche au hazard,
Et sans s'embarrasser de plaire ou de déplaire,
D'abord elle s'embarque, & vogue la gallere.

LE COMTE.

Chacun a sa façon; & la vôtre, à coup sûr,
Est bonne, quoiqu'elle ait quelque chose de dur.
Laissons cette matiere un peu trop délicate,
Et malgré nos humeurs, souffrez que je me flatte
Que vous avez, Monsieur, quelque estime pour moi,
Et...

LE BARON *brusquement.*

Passons là-dessus.

LE COMTE.

Vous connoissez, je croi;
Ma naissance, mon bien?

LE BARON.

Oui, j'en sçais quelque chose.

LE COMTE.

C'est sur ce fondement qu'ici je vous propose
De faire une alliance entre nous.

LE BARON.

Et comment?

LE COMTE.

J'estime votre fille, & l'aime éperdûment.

LE BARON

C'est fort-bien fait à vous.

LE COMTE.

Oserois je prétendre
A la gloire, au bonheur de me voir votre gendre?

LE BARON.

Non, Monsieur.

LE COMTE.

Comment non?

LE BARON.

Eh non, vous dis-je encor.
Ne l'ai-je pas promise à votre ami?

LE COMTE.

D'accord.
Mais par ses procédés je sçai qu'il vous désole,
Et vous avez tantôt repris votre parole.

LE BARON.

En lui donnant huit jours. Oubliez-vous ce point?

LE COMTE

Espérance inutile. Il ne changera point.

LE BARON *d'un souris malin.*

Et comme son ami vous venez me le dire?

LE COMTE.

Comme le Médecin dont le malade empire;
Et qui vient avertir les parens de songer
Au parti qu'il faut prendre en ce pressant danger.

LE BARON.

Il peut en revenir, j'en ai quelque espérance.

LE COMTE.

Je cachois de son mal une autre circonstance,
Qui sans doute aura lieu de vous mortifier.

LE BARON.

Quoi?

LE COMTE.

Cleon avec vous ne veut plus s'allier.
Il aime Cidalise, & bientôt il l'épouse.

LE BARON.

Ah de ce travers-là ma fille est peu jalouse.
Elle doute très fort qu'il ait aucun effet;
Et j'en doute encor plus.

LE COMTE.

Mais supposons le fait.

LE BARON *impatienté.*

Oh pour lors.... Nous verrons.

LE COMTE.

Souffrez du moins que j'ose....

LE BARON *brusquement.*

Je ne puis à présent vous répondre autre chose.
Après l'évenement je vous répondrai mieux.
Sur cela, s'il vous plaît, je reçois vos adieux.
Serviteur.

(*Le Comte ne lui répond que par une révérence, & sort.*)

SCENE III.

LE BARON *seul.*

RESpirons. Grace au Ciel, j'en suis quitte,
Et je doute qu'il soit content de sa visite.
Je l'ai traité, me semble, encor trop poliment;
Mais il n'y perdra rien, & j'attends le moment.

SCENE IV.

GERONTE, JULIE, LE BARON.

GERONTE *à Julie.*

En vertu de mon seing, & du seing du Notaire,
Vous voilà de mes biens unique légataire.
Que le Ciel me punisse & m'abîme à l'instant,
Si dans mes volontés je ne suis pas constant,
Et si du testament je révoque un ligne.

JULIE.

Je sçais par quel moyen je dois m'en rendre digne,
Monsieur, & je vous jure aussi de mon côté....

GERONTE.

N'achevez pas. Je veux qu'en pleine liberté
Vous possédiez mes biens, sans que rien vous engage
Envers qui que ce soit, au plus petit partage;
Et que mon neveu même apprenne le premier,
Qu'il ne doit plus compter d'être mon héritier.

LE BARON *à Geronte.*

Vous avez très-grand tort. S'il n'a plus rien à craindre,
Dans ses égaremens qui pourra le contraindre?
Vous étiez le seul frein qui le retînt un peu;
Otez-lui ce frein-là, vous allez voir beau jeu.

JULIE.

Tant mieux pour lui.

LE BARON.

Tant mieux?

JULIE.

Oui. Car pour moi j'opine

Que pour se corriger il faut qu'il se ruine.
Alors ses faux amis, ses lâches [illegible]
Le laisseront en proye aux remords, aux [illegible]
Il ouvrira les yeux, il connoîtra les hommes,
Et s'étant convaincu que le siécle où nous som[illegible]
N'est que corruption, interêt, fausseté,
Lui-même il blâmera sa prodigalité.
On redoute l'écüeil quand on a fait naufrage;
Et le malheur d'un fou sert à le rendre sage.

GERONTE.

Cette sagesse-là lui coûtera bien cher.

JULIE.

Ses pertes désormais doivent peu vous toucher;
Il est presque abîmé, j'en suis trop avertie,
Et j'ai de ses débris la meilleure partie.

GERONTE.

La meilleure partie!

JULIE.

Oui, sa Terre est à moi;
Ses bijoux, son argent, j'ai presque tout.

GERONTE.

Ma foi
J'en suis charmé, ravi.

JULIE.

J'ai bien conduit ma barque,
Et je la conduirai dans le port.

GERONTE.

Je remarque
Qu'une femme prudente & qui se donne au bien
Vaut cent fois mieux qu'un homme.

LE BARON.

Oui.

GERONTE.

Mais par quel moyen
Avez-vous pû?....

JULIE.

Tantôt vous sçaurez notre histoire;
Elle vous surprendra; mais voulez-vous me
croire?

En[illegible]

Le méchant à Cleon qu'il est déshérité;
Quand vous le reverrez, traitez-le avec bonté;
Laissez-lui penser qu'un excès de tendresse
Calme votre courroux, excuse sa jeunesse,
Et daigne se prêter à ses égaremens.
Vous donnerez matiere à des évenemens
Qui précipiteront ses regrets & sa perte,
Et qui rendront bientôt cette maison déserte.

GERONTE.

Volontiers; à mon tour je m'en vais le berner,
Car c'est un vrai plaisir que je veux me donner.

LE BARON.

Je vous seconderai quoique mal-propre à feindre;
Mais il est des momens où l'on doit se contraindre,
Et je sens comme vous que Julie a raison.

SCENE IV.

CLEON, JULIE, GERONTE, LE BARON.

CLEON *entrant avec précipitation.*

JE veux voir si mon oncle.... Encor dans ma maison
Le Baron & Julie !.... Ah que je vais entendre
De beaux sermons ! Je suis en train de me défendre,
Et de leur dire à tous leur fait en quatre mots.

GERONTE *d'un ton doux.*

Approchez, mon neveu.

CLEON *d'un ton fier.*

Point d'ennuyeux propos
J'ai du sens, de l'esprit, & je sçais me conduire.

I

GERONTE.

Sans doute.

CLEON.

A me gêner rien ne peut me réduire,
J'aime ma liberté plus que mon intérêt,
Et mon unique loi, c'est tout ce qui me plaît.

LE BARON.

Ah ! c'est parler cela.

JULIE *à Cleon.*

Qui songe à vous contraindre ?

CLEON.

Qui ? Vous trois ; & j'étois assez sot pour vous craindre.
Sous le poids de mes fers mon cœur a trop gémi ;
Mais contre ma foiblesse on m'a bien affermi.

GERONTE.

Vertubleu, mon neveu, comme vous êtes brave !

CLEON.

Oui ; je leve le masque, & cesse d'être esclave.

LE BARON.

Il prend le mord aux dents.

CLEON.

Vous aurez beau pester,
Je veux voir mes amis, jour & nuit les traiter,
Inventer cent moyens d'augmenter ma dépense,
Et me rendre fameux par ma magnificence.
Rien ne me coûtera pour me mettre en crédit,
Dussent tous les censeurs en crever de dépit.
Vous m'entendez, Messieurs.

GERONTE.

Ah fort-bien.

LE BARON,

Il s'explique
En termes éloquens, &....

CLEON.

Plus de politique ;
C'est un art dont jamais je ne me piquerai.

(*à Geronte.*)

... fait avec vous un malheureux essai;
... y bien réussir j'ai le cœur trop sincere,

(*regardant Julie.*)

... faut être né faux pour aimer le mistere,
... aller à ses fins sous un masque trompeur.
... finesse est toujours l'effet d'un mauvais cœur;
... ous m'entendez, Madame?

JULIE *en souriant.*

Oui, j'entends à merveille.

GERONTE.

... vois bien, mon neveu, que le vin vous éveille.

CLEON.

... me fait dire vrai, sans troubler ma raison.
D'ailleurs d'habiles gens m'ont bien fait ma leçon;
... ai sçu si fortement l'imprimer dans mon ame,
Que je brave comme eux la censure & le blâme.
Ce sont mes vrais amis; je ne connois plus qu'eux.

GERONTE.

Ces amis font de vous la perle des neveux.

CLEON.

Vous avez beau railler, on m'estime, on m'adore;
Mais je n'ai qu'à vous croire, & je me déshonore.
Je serois un grand fou de me régler sur vous.

GERONTE.

J'en demeure d'accord.

CLEON.

Car, mon oncle, entre nous,
Il n'est point de défaut plus bas que l'avarice.
Il suffit de paroître entiché de ce vice,
Pour être regardé comme un homme sans cœur.
A quoi servent les biens, que pour s'en faire honeur?
Le monde aime l'éclat & la magnificence,
Et l'on n'est estimé que selon sa dépense.
Eh quel plaisir plus doux que de voir nuit & jour,
Mille gens empressés à nous faire la cour?
Le faste nous tient lieu d'une haute noblesse,
Les plus fiers, les plus grands adorent la richesse,

Qui conque en fait usage avec eux va de pair,
Et pour paroître grand, il faut prendre un grand air.
Ainsi, loin de blâmer mon humeur libérale,
Mon oncle, savourez ma prudente morale,
Et sans me fatiguer d'inutiles raisons,
Prenez-moi pour modelle, & suivez mes leçons.

GERONTE *en riant*.

Il n'est pas fort aisé de les suivre à mon âge.

CLEON.

On n'est jamais trop vieux pour devenir plus sage.

GERONTE.

Il parle comme un livre, & raisonne si bien,
Que j'ai honte d'avoir amassé tant de bien.

CLEON.

C'est un pésant fardeau dont je veux vous défaire.

GERONTE.

Non, je vous en dispense, & j'en fais mon affaire.
Puisqu'à se ruiner on se fait tant d'honneur,
Corbleu, j'y vais aussi travailler de bon cœur.

CLEON.

Ah vous me plaisantez!

GERONTE.

Non, mon cher, je vous jure.
En vous croyant un fou je vous faisois injure,
Et c'est moi qui l'étois.

LE BARON.

Il en faut convenir,
Et de mes préjugés il me fait revenir.

CLEON.

Parlez-vous tout de bon, ou si c'est raillerie?

LE BARON.

Tout de bon.

GERONTE *à Cleon*.

Agissez sans façon, je vous prie.
De tout votre fracas bien loin d'être allarmé,
Plus vous prodiguerez, plus je serai charmé.
Vous ne pouvez jamais épuiser la fortune,
Embrassez-moi, mon cher, & vivons sans rancune.

(Ils s'embrassent.)

Adieu, mon doux neveu, tenez-vous en gayté,
Coupez, taillez, rognez en pleine liberté ;
Comptez toujours sur moi, comme vous devez faire ;
Et que votre plaisir soit votre unique affaire.

CLEON.

Quoi, sérieusement, vous n'êtes plus fâché ?

GERONTE.

Plus du tout ; vos discours m'ont vivement touché.
Je vois votre sagesse, & mon extravagance ;
Et veux vous surpasser par la magnificence ;
J'étois un idiot, un buffle, un animal.
Dès demain je régale & je donne le bal.

LE BARON.

Et j'y danserai.

JULIE.

Moi j'en veux être la Reine.

GERONTE.

C'est comme je l'entends. Ma présence le gêne ;
Laissons-le à ses amis. Touchez là, mon neveu,
Et sans cérémonie allez vous mettre au jeu,
La compagnie attend. Jouïssez de la vie,
Et bravez comme moi la censure & l'envie.

SCENE V.

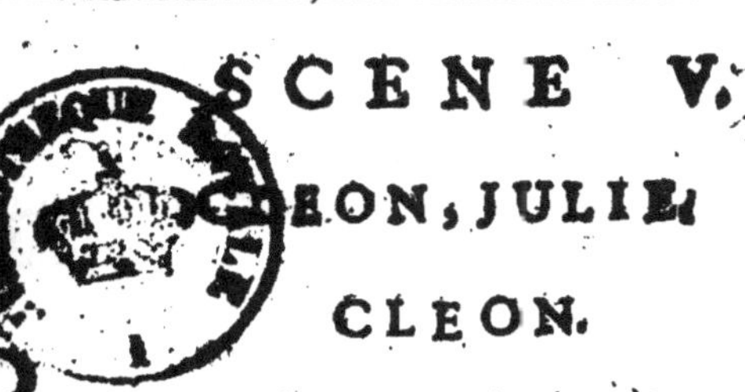

CLEON, JULIE.

CLEON.

PAr un ton si nouveau je suis déconcerté.

JULIE.

Eh quoi, vous fâchez-vous de votre liberté ?

CLEON.

Cette liberté là me paroît bien suspecte.

JULIE.

Vous voyez qu'à la fin votre oncle vous néglige.

CLEON.

Etes-vous de concert pour vous moquer de moi?

JULIE.

Non, Cleon, je vous parle ici de bonne foi.
Votre oncle vous blâmoit, il reconnoît sa faute.
Vous aviez un tiran, & c'est moi qui vous l'ôte.
J'ai corrigé son ton. Sans aigreur, sans courroux,
Votre oncle va vous voir vous livrer à vos goûts.
Je l'en ai tant prié, qu'à la fin il m'a crûë.
Moi-même, qui sur vous voulois être absoluë,
Je suiverai son exemple, & mon cœur désormais,
Veut se montrer par là sensible à vos bienfaits.
Le dernier que de vous j'ai reçu par le Comte,
M'a servi de leçon. Je confesse à ma honte,
Que si mes procédés vous avoient offensé,
Mon zéle peu discret est bien récompensé.
Je vous ai rebuté par mon humeur austere;
Quand vous vous en vengez c'est à moi de me taire;
De votre volonté je me fais une loi,
Et vous ne recevrez nul reproche de moi.

CLEON *embarassé.*

Cet excès de bonté....

JULIE.

L'inconstance est permise
Lorsqu'elle est bien fondée. Après tout, Cidalise
Vous convient mieux que moi, je le dois avoüer
Et d'un choix si prudent chacun va vous loüer.
Car, que suis-je auprès d'elle? une importune amie
Qui vous prêche sans cesse, & dont l'œconomie,
Si d'éternels liens nous unissoient tous deux,
Seroit à votre humeur un frein trop ennuyeux.

Voulez-vous, [illegible] qui vous ref-
[illegible]
C'est l'unique moyen de vivre deux ensemble,
Et de.... Vous rougissez ! Je ne dis pourtant rien
Qui vous doive offenser.

CLEON.

Non. Mais je sens fort bien
Que vous êtes piquée, & que mon inconstance....

JULIE.

Je la vois, je vous jure, avec indifference.

CLEON.

Avec indifference?

JULIE.

Oui.

CLEON.

J'en doute bien-fort.

JULIE.

Vous en doutez?

CLEON.

Je crois que je n'ai pas grand tort,
Et j'en suis bien fâché.

JULIE.

Détrompez-vous de grace.
Quoi, lorsque vous changez j'aurois l'ame assez basse ?....

CLEON.

Mais au fond vous m'aimiez ?

JULIE.

Eh mais oui, je le crois.

CLEON.

Et vous aviez de même un ascendant sur moi,
Dont je sens que j'ai peine à me rendre le maître.

JULIE.

Vous en triompherez bientôt.

CLEON.

Cela peut être ;
Mais je souffre moi-même en vous voyant souffrir.

JULIE *en souriant.*

C'est un léger tourment dont il faut vous guérir.

CLEON.

Me le conseillez-vous?

JULIE.

Oui, je vous le conseille:

Rendez-vous vraiment libre, & vous ferez merveille.

CLEON.

Vous me permettez donc de faire un autre choix?

JULIE.

C'est à votre cœur seul à vous donner des loix.

CLEON.

Les approuverez-vous?

JULIE.

Oui de toute mon ame,

Et je vous livre à lui.

CLEON *d'un air piqué.*

Cela suffit, Madame.

Je ne balance plus puisque j'ai votre aveu.

J'en sçaurai profiter; même avant qu'il soit peu.

JULIE.

Vous l'aviez prévenu; vous aimez Cidalise.

CLEON.

Ma résolution n'étoit pas trop bien prise;

Mais vous la confirmez & cela me suffit.

Au défaut de l'amour, je suivrai le dépit.

JULIE.

Et l'amour le suivra.

CLEON.

C'est ce que je souhaite.

JULIE.

Je le souhaite aussi.

CLEON.

Vous serez satisfaite.

SCENE VI.

JULIE, CIDALISE, CLEON.

CIDALISE.

On vous attend, Cleon; que faites vous ici ?
Un racommodement ?

JULIE.

Non, puisque vous voici,
Je dois me retirer & vous céder la place.

CIDALISE.

On ne peut mieux agir, ni de meilleure grace.

JULIE.

Vous voyez, je suis bonne.

CIDALISE.

Eh pas trop. Car au fond
Vous me haïssez !....

JULIE.

Moi? Non je vous en répond.
On ne sçauroit haïr que les gens qu'on estime.

CIDALISE.

Le trait est un peu vif. Le dépit vous anime;
Mais j'ai peu mérité ces marques de courroux.
Est-ce ma faute à moi si je plais mieux que vous ?

JULIE.

Ah, mon Dieu, point du tout. Je sçais que c'est la mienne.
Je n'ai qu'un cœur fidelle, & rien qui le soutienne.
Pour vous, dont les attraits ont un si grand éclat,
Vous n'avez pas besoin d'un cœur si délicat.

CIDALISE.

Si l'on nous veut ici comparer l'une à l'autre,

Sans nulle vanité, mon cœur vaut bien le vôtre;
Il ne balance pas, il suit ce qui lui plaît;
Mais il aime du moins sans aucun intérêt.

CLEON *se mettant entr'elles.*

Eh, Mesdames, cessez....

JULIE *à Cidalise*

Je ne suis point blessée
Que vous me soupçonniez d'une ame intéressée;
Mes actions un jour sçauront ouvrir les yeux
A qui me connoît mal, & vous connoîtra mieux.

CIDALISE.

Plus on me connoîtra, plus j'aurai l'avantage
De l'emporter sur vous qui vous croyez si sage.

JULIE.

Si je ne le suis pas j'aspire à l'être au moins;
Mais on voit que c'est-là le moindre de vos soins.

CIDALISE.

Vous possédez à fond l'art de la pruderie.

JULIE.

Je le préférerois à la coquetterie.

CIDALISE.

L'invective est permise à qui perd ses amans,
Et ne peut réüssir à les rendre constans.

JULIE.

Enfin, soit que les miens soient constans ou volages,
Je ne vais pas chez eux mandier leurs hommages.

CIDALISE *vivement.*

Vous perdriez vos soins.....

CLEON *à Cidalise.*

Madame, croyez-moi;
Ne poussez pas plus loin ce discours.

CIDALISE.

Mais je croi
Que je puis lui répondre.

CLEON.

Oui; mais je vous supplie
De marquer moins d'aigreur & d'épargner Julie.

CIDALISE.

Comment vous exigez ?....

CLEON.

Moi ? je n'exige rien ;
Je voudrois seulement rompre cet entretien.

CIDALISE.

Je puis comme elle ici dire ce que je pense.

JULIE.

Oui, vous y pouvez tout grace à son inconstance.
Votre triomphe est beau, chacun vous l'enviera,
Mais vous n'en joüirez qu'autant qu'il me plaira.

SCENE VII.

CLEON, CIDALISE.

CIDALISE.

QU'autant qu'il lui plaira ! Je la trouve plaisante !
On ne sçauroit tenir à sagloire insolente;
Et je vais la rejoindre.

CLEON.

Ah de grace, arrêtez.

CIDALISE.

Quoi donc ? je souffrirai toutes ses duretés?

CLEON.

Daignez me témoigner un peu de complaisance ;
Et ne lui faites pas la plus légere offense.

CIDALISE.

La priere sans doute a de quoi me flatter.
Si bien que pour vous plaire il faut la respecter ?

CLEON.

Je ne m'en cache point, quoique je vous adore,
Je sens bien que mon cœur la révére & l'honore ;

CIDALISE.

Eh bien, honnorez-là. Tant de ménagement
Marque qu'on doit sur vous compter légerement.

CLEON.

N'avez-vous pas ma foi ?

CIDALISE.

Je la crois incertaine
Quand vous vous soumettez à cette humeur hautaine.

CLEON.

A vivre sous ses loix je suis accoûtumé.
On ne sçauroit haïr ce qu'on a tant aimé.

CIDALISE.

Je vois qu'elle dit vrai ; malgré vous trop fidelle,
Vous rentrez dans ses fers dès qu'elle vous rappelle.

CLEON.

Je viens de lui parler pour la derniere fois.
Un trop juste dépit a sçû fixer mon choix.
Mais pour elle mon cœur malgré-moi s'intéresse ;
Il me faut quelque tems pour vaincre sa foiblesse ;
Vous l'aurez tout entier s'il se rend à mes vœux.
Etre digne de vous est tout ce que je veux.
Le dépit, la raison, vos appas, tout m'engage
A vous offrir enfin le plus parfait hommage ;
Et je vous l'offrirai n'en doutez nullement ;
Mais cet effort n'est pas l'ouvrage d'un moment ;
J'ose vous l'avoüer.

CIDALISE.

Pour être aussi sincere ;
Je vous avouë aussi qu'un autre a sçu me plaire ;
Et qu'il me reste encor quelque foible pour lui.
Malgré-moi je me suis apperçuë aujourd'hui
Que si je le quittois ce n'étoit pas sans peine.
Travaillons de concert à rompre notre chaîne ;
Et quand nous nous croirons en pleine liberté,
Nous nous avertirons avec sincérité.

CLEON.

Ah quel cruel aveu ! Faites-le moi connoître
Ce rival trop heureux, & s'il ose paroître
Devant moi....

CIDALISE.

Le voici.

CLEON.

Comment, c'est le Marquis !

SCENE VIII.

CLEON, CIDALISE, LE MARQUIS.

LE MARQUIS.

J'Ai dormi d'un bon somme, & me voilà re-
mis,
Prêt à recommencer. Quoi tous deux tête à tête ?
Ah, petite coquette ! est-ce que ma conquête
Ne vous suffisoit pas ?

CIDALISE.

Vous voyez bien que non.

LE MARQUIS.

La réponse est naïve. Et vous, Monsieur Cleon,
Croyant trouver par tout des conquêtes aisées,
Vous vous donnez les airs d'aller sur mes brisées ?
Cela ne sera pas.

CLEON.

Qui m'en empêchera ?

LE MARQUIS.

Vous êtes un perfide, & ma sœur le sçaura.

CLEON.

Va, nous avons rompu.

LE MARQUIS.

Ma sœur & toi ?

CLEON.

Sans doute

LE MARQUIS.

Et pour t'en consoler Cidalise t'écoute.

CIDALISE.

Oui, c'est mon foible à moi, je plains les malheureux.

LE MARQUIS.

Je ne vous croyois pas un cœur si généreux.
A soulager les gens vous êtes un peu prompte;
Et de tous vos sermens vous faites peu de compte.

CIDALISE.

Quand je vous les ai faits c'étoit de bonne foi.
Si mon cœur les oublie, est-ce ma faute à moi?

LE MARQUIS.

Pour vous défendre mieux dites que c'est la mienne.

CIDALISE.

Le fait n'est point douteux; car qu'il vous en souvienne,
J'ajoûtai cette clause à nos engagemens,
C'est que je me tiendrois quitte de mes sermens,
Si mon cœur s'ennuyoit de posséder le vôtre.
Que ne l'empéchiez-vous de pancher pour un autre?

LE MARQUIS.

Dépendoit-il de moi de le rendre constant?

CIDALISE.

Oui. Vous m'avez trahie, & moi j'en fais autant;
De beautés en beautés un amant qui voltige,
A faire comme lui tôt ou tard nous oblige;
Je connois votre allure, & la vois tous les jours;
Ainsi donc, quitte à quitte, & tréve de discours.

LE MARQUIS *à Cleon.*

Elle a la repartie & vive, & naturelle,
Et nous faisons tous deux une scene nouvelle;
Mais je ne me rends point, &....

CIDALISE.

Rendez-vous ou non,

J'ai donné ma parole.

LE MARQUIS.

A qui donc?

CIDALISE.

A Cleon.

LE MARQUIS.

Oh! doucement. Mon cher, si tu veux Cidalise,
Ce ne sera parbleu qu'après l'avoir conquise.
Tu m'entens.

CLEON.

Tout au mieux.

LE MARQUIS.

Eh bien, nous nous verrons.

CLEON.

Ah tu prends ce ton là! Nous la disputerons.
Il me restoit encor du foible pour Julie.
Je sens qu'en la quittant je fais une folie;
Mais à mon nouveau choix l'obstacle que tu mets,
Fait qu'avec elle enfin j'ai rompu pour jamais.

LE MARQUIS.

C'est assez.

CIDALISE.

Cet éclat seroit fort à ma gloire;
Mais, Marquis, dussiez-vous remporter la victoire,
Vous ne gagnerez rien que mon aversion.
Loin de forcer par-là mon inclination,
Vous ne m'inspirerez qu'un desir de vangeance.
Prétendre me gêner c'est me faire une offense.
Quiconque l'entreprend me devient odieux.

LE MARQUIS.

Ah! cela supposé, je vous fais mes adieux,
Et sans aucun regret.

CIDALISE *à Cleon.*

Oubliez-vous Julie

Pour jamais ?

CLEON.

Pour jamais je vous la sacrifie.

CIDALISE.

Et moi je vous promets de n'aimer plus que vous;
Et que quand vous voudrez vous serez mon
époux.

CLEON *lui baisant la main.*

J'accepte avec transport cette douce promesse.

LE MARQUIS *revenant sur ses pas.*

Courage, mes enfans. Vous me quittez traitresse;
Et sans trop me vanter, pour un plus mauvais
choix.

(*à Cleon.*)

Je m'en console. Et toi, tu te mordras les doigts
De m'avoir enlevé le cœur d'une coquette.
Tout bien considéré, je gagne à ma défaite;
J'allois faire le sot; c'est toi qui le seras.
Ah qu'avant qu'il soit peu tu me divertiras!
J'enrageois contre toi, mais ta bonté m'oblige.
Allons, mariez-vous, mariez-vous, vous dis-je.
Jamais couple plus beau ne pouvoit être joint.

SCENE XI.

CLEON, CIDALISE, LE MARQUIS, CARTON.

CARTON.

Toujours des pour-parlers? Nous ne jouerons donc point?
La table est entourée, & Julie a pris place.

CLEON.

Julie!

CARTON

CARTON.

Elle s'attend.

CIDALISE.

A-t-elle encore l'audace

De venir me braver ? &....

CLEON.

Nous l'en punirons,

Puisqu'elle veut joüer nous la ruinerons.

CIDALISE.

Oui ; vengeons-nous ainsi de qui nous importune

Et guidés par l'amour, courons à la fortune.

(Elle lui donne la main.)

LE MARQUIS.

J'ai perdu mon procès, ils triomphent tous deux

Mais j'en appelle au sort qui me vengera d'eux.

Fin du quatriéme Acte.

ACTE V.

SCENE PREMIERE.

FINETTE *seule.*

O Ciel, vit-on jamais un revers plus funeste !
Pauvre Cleon ! Tu viens de joüer de ton reste,
Te voilà ruiné sans ressource. Le Sort
Paroît avec l'Amour être aujourd'hui d'accord
Pour punir l'inconstance, & pour venger Julie.

SCENE II.

LE BARON, FINETTE.

LE BARON.

EH bien, a-t-on fini cette grande partie ?
Ma fille en étoit-elle ?

FINETTE.

Oui, Monsieur, sûremen[t]

LE BARON.

A-t-elle eu du bonheur ?

FINETTE.

Epouventablement.

LE BARON.

L'expression est neuve.

FINETTE.

Et conforme à l'histoire.
Je l'ai vûe arriver, & j'ai peine à la croire.
Quand vous en douteriez, vous m'étonneriez peu.
Ma Maîtresse attendoit que l'on se mît au jeu;
En entrant, Cidalise & Cleon l'ont brusquée,
Et par cent traits malins l'ont vivement piquée;
Plus elle étoit tranquille, & plus on la railloit;
Mais sans rien repliquer, comme Cleon tailloit,
Elle s'en est vengée en tentant la fortune.
L'Inconstant qui trouvoit sa présence importune,
Et vouloit s'en défaire en la poussant à bout,
L'excitoit à risquer, offrant de tenir tout.
» Eh bien, a dit Madame, il faut vous satisfaire;
» Ruinez-moi, Monsieur, si cela peut vous plaire;
» Je mets mille Louis sur ces trois cartes-là.
Elle gagne d'abord. Très piqué de cela,
Cleon pour réparer une perte si dure,
Lui fait autre défi; toûjours même avanture.
Jusqu'au *trente-&-le va* leur fureur les conduit;
Plus Cleon risque & tient, plus le malheur le suit.
D'un sang-froid merveilleux ma prudente Maîtresse
Pour le mettre au néant épuise son adresse;
Enfin, elle a gagné tout ce qu'elle a risqué,
Et jusqu'à quatre fois elle l'a débanqué.

LE BARON.

La fortune aujourd'hui paroît bien équitable!

FINETTE.

Cleon jure, il fulmine, il renverse la table;

Et jettant sur Julie un regard furieux,
Barbare, lui dit-il, ôtez-vous de mes yeux.
Elle, sans s'émouvoir fait emporter sa proye,
Et la suit, sans marquer ni tristesse ni joye.
A peine sommes-nous dans votre appartement;
Que l'on vient la prier avec empressement
De la part de Cleon, d'excuser sa furie,
Et de rentrer chez-lui. Ma Maîtresse attendrie
Ne sçait quel parti prendre, & balance longtems;
Un messager pressant vient d'instans en instans;
Elle rejoint Cleon, le calme, le console.
» Madame, lui dit-il, je vous donne parole
» Que quand sur moi le sort épuiseroit ses coups,
» J'expirerois plûtôt que de m'en prendre à vous,
» Mon respect en répond, l'honneur me le commande;
» Mais je veux ma revanche, & je vous la demande.

LE BARON.

Ciel!

FINETTE.

Pour s'expédier il lui propose un jeu
Dont l'inventeur, je croi, mériteroit le feu.

LE BARON.

De quel jeu parles-tu?

FINETTE.

C'est au *Trente-&-Quarante*
Que Cleon a trouvé la fortune constante
A le faire périr. Argent, billets, contrats,
Meubles, carrosse, hôtel, tout a passé le pas
Devant trente témoins consternés de sa perte;
Et tous prêts à laisser cette maison déserte,
Où pour plumer leur duppe, ils n'ont plus nul moyen;
Car tout est à Madame, & Cleon n'a plus rien.

SCENE III.

JULIE, LE BARON, FINETTE.

LE BARON *à Julie.*

CE que j'apprends ici me paroît incroyable.
Y dois-je ajoûter foi ?

JULIE.

Rien n'est plus véritable,
J'ai ruiné Cleon. Ma rivale en fureur,
Est encor plus que lui sensible à son malheur,
Elle pleure, elle crie, elle se désespere.
Moi, pour ne point aigrir leur haine & leur colere,
Je viens de les laisser en proye à leurs transports.
Toute la compagnie a fait de vains efforts
Pour adoucir l'excès de leur douleur profonde ;
Ils n'écoutent plus rien, & brusquent tout le monde.
Enfin, graces au Ciel, mon triomphe est parfait.
Il faut voir maintenant quel en sera l'effet ;
Si tous ces grands amis qu'attiroit sa fortune,
Voudront avec Cleon faire bourse commune,
Comme ils l'en ont flatté quand il étoit heureux,
Et si j'ai de tout tems bien ou mal jugé d'eux.
Cidalise, sur tout, est ce qui m'interesse.
Elle peut à present lui prouver sa tendresse.
Le bonheur nous expose à des dehors trompeurs ;
Mais c'est dans le malheur qu'on éprouve les cœurs.

LE BARON.

Cleon devroit mourir de douleur & de honte.
Je sors pour informer le bon-homme Geronte

De cet événement, & je l'amene ici,
Pour voir quelle sera la fin de tout ceci.

SCENE IV.

JULIE, FINETTE.

FINETTE.

COmment prétendez-vous user de la victoire ?

JULIE.

Je n'en sçais rien encor.

FINETTE.

Ma foi j'ai peine à croire
Qu'il reste à votre Amant d'autres amis que vous.

JULIE.

Et c'est ce qui rendra mon triomphe plus doux.

FINETTE.

Plus doux ? Vous me semblez bien âpre à la vengeance !
Voulez-vous de Cleon augmenter la souffrance ?
Il vous doit tout au moins faire compassion ;
Et vous ne me marquez aucune émotion.

JULIE.

Le tems améne tout.

FINETTE.

Tout franc je vous admire.
Se peut-il que sur vous vous ayez tant d'empire ?
Pouvez-vous d'un amant savourer le malheur ?

JULIE.

Je veux voir quel effet il fera sur son cœur.
Son sort va désormais dépendre de lui-même ;
S'il est digne de moi, tu verras si je l'aime.

FINETTE.

Il est assez puni, Madame, en vérité,

JULIE *en soûriant.*

Il ne sçait pas encor qu'il est déshérité,
Et pour l'éprouver mieux, je prétends qu'il l'apprenne.

FINETTE.

De votre bouche ?

JULIE.

Non, Finette, de la tienne.
Saisi l'occasion de l'informer du fait,
Et devant Cidalise : on verra par l'effet,
Que loin qu'à son égard je sois dure, insensible ;
J'use pour le guérir, d'un secret infaillible.

FINETTE.

Je commence, Madame, à penser comme vous.
Employer pour cela des remedes trop doux,
Ce seroit tout gâter. Il faut d'une main sûre
Tailler, couper, percer pour achever la cure.
Je vais armer mon cœur d'un peu de dureté,
Et tâcher d'opérer avec dextérité.
Pour éloigner d'ici la troupe qui nous lasse,
Je veux à votre Amant donner le coup de grace.
Laissez moi faire. Il vient.

SCENE V.

CLEON, JULIE, FINETTE.

CLEON *du côté par où il entre d'un air furieux.*

Non, ne me suivez pas,
Je veux lui parler seul.

FINETTE *à Julie.*

Fuyez, doublez le pas ;
Il est hors de lui-même.

CLEON *arrêtant Julie.*

Un moment d'audience.

Eh quoi, d'un malheureux vous fuyez la présence?

Barbare, ingrate; Eh bien, me voilà ruiné,

De votre propre main je suis assassiné.

Vous triomphez.

JULIE.

Le sort....

CLEON.

Vous triomphez, ingrate,

Oui, malgré vous je sens que ma fureur vous flatte;

Ce qui me désespere est un charme pour vous.

J'écoute mon respect, il retient mon courroux;

Mais je veux une fois vous dire ma pensée.

Vous n'avez jamais eu qu'une ame intéressée;

Vous n'aimiez point Cleon, vous adoriez son bien,

Son malheur vous l'assûre, & Cleon n'est plus rien;

Vous lui ravissez tout, il n'a plus de retraite,

Et votre avidité s'est enfin satisfaite.

Dans mon désastre au moins il me reste un bonheur.

Me voilà convaincu de votre mauvais cœur.

J'adorois un objet trop digne de ma haine,

Le sort ne m'a trahi que pour rompre ma chaîne;

S'il me perd, il me sauve, & je bénis ses coups,

Puisqu'ils vont pour jamais me délivrer de vous.

Je vais à mes amis demander un azile,

En vous laissant chez-moi triomphante & tranquille:

Tandis que mes malheurs combleront vos souhaits,

Je ferai mon bonheur de ne vous voir jamais.

Dans mon désastre affreux c'est ce qui me console,

Et j'espere....

(*Julie lui fait une profonde révérence, & sort.*)

SCENE

SCENE VI.

CLEON, FINETTE.

CLEON.

Elle sort sans dire une parole!
Voilà son dernier coup, l'outrage, & le mépris.

FINETTE.

Ne vous emportez point, & calmez vos esprits.

CLEON.

Moi [illegible] Lorsque sa barbarie,
Son sang froid insulte [illegible] ma furie?

SCENE VII.

CLEON, CIDALISE, FINETTE.

CLEON *à Cidalise.*

Ah! Madame, venez soulager ma douleur,
Et rendez-vous enfin maîtresse de mon cœur,
Il brûle d'être à vous, achevez votre ouvrage,
Ne lui permettez plus un indigne partage.
Sauvez-le de lui-méme, il s'offre à vos attraits,
Et se livre en vos mains pour n'en sortir jamais

CIDALISE.

Quoi, vous doutiez encor que j'en fusse maîtresse?

Sentez-vous pour Julie un retour de tendresse ?
Elle l'a mérité.

CLEON.

Je vais la détester.
Désormais, tout à vous, j'ose vous protester.
Vous ne m'écoutez point.

CIDALISE

Non, car on nous épie

FINETTE.

Moi ? Tout ce que je vois me fait haïr Julie ;
Et pour vous mieux prouver à quel point je la hais,
Je vais vous découvrir les beaux tours qu'elle a faits....
Mais je n'ose.

CIDALISE.

Pourquoi ?

FINETTE.

Si je vous les révele,
Je m'en vais vous causer une douleur mortelle.
Vous aimez trop Cleon, vous devez trop l'aimer,
Pour soutenir ce choc.

CIDALISE.

Acheve, il faut s'armer
De courage. Quel coup va l'accabler encore ?

FINETTE.

Il peut le supporter parce qu'il vous adore,
Et qu'il retrouve en vous le généreux appui
D'un bon cœur, déja prêt à s'immoler pour lui.
Que feroit-il sans vous ? Son oncle l'abandonne.

CLEON *à Cidalise*,

Ah ne la croyez pas. Je sçais qu'il me pardonne.

FINETTE.

Non, il vous a trompé pour se venger de vous,
Et ses feintes douceurs vous cachoient son courroux.

CLEON.

Quoi donc ?

FINETTE *d'un air affligé.*

Le méchant oncle ! Ah quelle ame traitresse !

... moment qu'il caresse,
... Monsieur, dans l'instant que cet homme malin
... disois cent douceurs d'un air tendre & be-
nin,
... de signer votre ruine entiere,
... vous déshéritant d'une indigne maniere,
... il vous ôte tout, & même a fait serment
... jamais changer un mot au testament.
... exheredation est pleine, infaillible, autentique;
... Julie est, Monsieur, sa légataire unique.

CLEON.

... jusqu'où pû pousser l'indignité?...

FINETTE *prenant un ton furieux.*

Rien ne peut échapper à son avidité.
... votre terre aussi que vous avez venduë....

CIDALISE *d'un ton d'étonnement.*

... a vendu sa terre?

FINETTE *d'un ton pleureur.*

Et même il l'a perduë;
... veux dire le prix qu'il en avoit touché!
Mais si vous sçaviez tout, que vous seriez fâché,
Monsieur, & que pour vous l'avanture est piquan-
te!
Ma Maitresse....

CLEON.

Poursui.

FINETTE.

Sous le nom de Dorante,

CIDALISE.

... bien!

FINETTE.

A fait sous-main cette acquisition.
Votre terre est, Monsieur, en sa possession.

CLEON.

La perfide! Au moment qu'elle m'en fait repro-
che!
... que pour l'appaiser....

FINETTE *stupéfaite.*
Ah, c'est un cœur de ......
Elle convoite tout, & sçait tout obtenir.
Elle a vos biens presens, & vos biens à venir.
C'est son bonheur outré qui vous rend misérable,
Et qui vient d'accomplir votre sort déplorable.
Adieu, j'ai trop de peine à retenir mes pleurs;
Et Madame aura soin d'adoucir vos malheurs.
(Elle s'éloigne, les contemple quelque tems, sort en riant sous son éventail.)

SCENE VIII.

CLEON, CIDALISE.

CLEON.

EH bien, vous le voyez, ma disgrace est complette.

CIDALISE *brusquement.*

Oh rien n'y manque.

CLEON.

Allons, il faut faire retraite;
Quittons une maison où tout m'est odieux,
Où tout exciteroit mes transports furieux.
Juste Ciel! Ah sans vous que je serois à plaindre,
Madame! A mon malheur rien ne sçauroit atteindre;
Mais puisque vous m'aimez, mon sort me paroît doux,
Et mon cœur est flatté de n'espérer qu'en vous,
D'avoir en vos bontés un glorieux azile,
Et de pouvoir compter...

CIDALISE *d'un air froid & embarrassé.*

Il seroit inutile
De vous tromper, Cleon. Je plains votre malheur,

[illegible] je ne suis pas libre ; je dépends d'un parent [illegible]
[illegible] qui l'apprendroit vos disgraces diverses,
Vous feroit essuyer les plus rudes traverses.
Nous attendrons la mort de ce tuteur fâcheux ;
Et peut-être qu'alors....

CLEON.

Le trait est généreux.
Il m'ouvre votre cœur ; & je sens ma folie
De l'avoir crû plus sûr que celui de Julie.
Je ne vois que des cœurs doubles, intéressés,
Perfides, séducteurs....

CIDALISE *d'un ton de hauteur.*

Ah, Cleon, finissez.
Le malheur vous aigrit, sa hauteur m'importune ;
Et l'on doit prendre un ton conforme à sa fortune.

SCENE IX.

CLEON, CIDALISE, LE MARQUIS.

LE MARQUIS.

BOn soir, Cleon. J'accours pour te félici-
ter.
Ton oncle vient, dit-on, de te déshériter.
L'oncle, le jeu, l'amour, la table, les largesses,
Te sauvent pour jamais l'embarras des richesses.
Comme un sage de Grèce, en méprisant le bien,
Te voilà vraiment libre, & vis-à-vis de rien.
Parbleu, j'en suis ravi ; même sort nous rassemble,
Mon cher, & nous allons philosopher ensemble.

CLEON *d'un ton de colere.*

Viens-tu pour m'insulter ?

LE MARQUIS

Non, Cleon, sur ma foi,

Un revers t'a rendu tout aussi gueux que moi;
Mais ne t'afflige point, mon ami, je t'en prie,
Et je vais t'enseigner à vivre d'industrie.
Tu nous prêtois. Ton tour est venu d'emprunter.
Pour y bien réüssir, tu n'as qu'à m'imiter.

CLEON.

Les hommes tels que moi tombent dans la misére,
Mais ne dégradent point leur noble caractere.
J'ai des amis encor que je puis implorer,
Et ce sera toujours sans me déshonorer,
C'est à quoi je me fixe; ou si tout m'abandonne,
La mort est ma ressource, & n'a rien qui m'étonne.

LE MARQUIS.

Tu te piques de gloire au comble du malheur?

CLEON.

Est-ce être glorieux que d'avoir de l'honneur?

LE MARQUIS.

De l'honneur? On n'en a qu'autant qu'on fait figure.
Ah je vois ce que c'est; Madame te rassûre,
Tu crois....

CLEON.

Non. Mon malheur a produit son effet,
Et me rend à ses yeux un misérale objet.
J'attendois de sa part une main secourable;
Mais son cœur effrayé du sort d'un misérable,
Oppose à mon espoir l'obstacle d'un tuteur
Qui ne souffriroit pas qu'elle fît mon bonheur.

LE MARQUIS.

Qui? lui? te traverser? Pitoyable défaite.
C'est un vieux idiot, un homme qui végette;
Qui ne sçait ce que c'est que de rien refuser,
Et dont, comme il lui plaît, elle peut disposer.

CLEON *à Cidalise.*

Voilà donc ce tuteur pour moi si redoutable!

CIDALISE.

Ecoutez-vous un fou.

LE MARQUIS.

C'est un fou raisonnable,
[illegible] par intervalle ; Ah je vous connois bien.
(en regardant Cleon.)
[illegible] perdu parce qu'il n'a plus rien ;
[illegible] j'ai trente moyens pour le tirer d'affaire.

CIDALISE.

[illegible] n'a qu'à se former sur votre caractere,
[illegible] ne sçauroit manquer.

LE MARQUIS.

Rien ne lui manquera
[illegible] que de vos liens il se délivrera ;
[illegible] les avis d'un fou pourront le rendre sage.

CIDALISE.

[illegible] pour son repos je romps son esclavage,
Et je lui rends un cœur qu'il m'offrit à regret.

CLEON.

Vous ne l'eutes jamais, & toujours en secret
[illegible] penché pour celle à qui votre artifice
[illegible] sçu m'enlever, sans l'en rendre complice.
[illegible] Ciel m'en est témoin ; ce Ciel qui me punit
D'avoir cru les flatteurs, & suivi mon dépit.
Vous m'aviez aveuglé, vous me rendez la vûe,
Et tout mon malheur vient de vous avoir connuë.

CIDALISE.

[illegible] ce ton tragique, il vous sied à ravir,
Dans vos besoins urgens il pourra vous servir,
Il ne vous reste plus que l'art de la parole,
[illegible] méditer votre rôle.
(Elle sort d'un air dédaigneux.)

LE MARQUIS.

Cette femme m'a plû, [illegible] dévoile son cœur,
Et je [illegible] le champ en informer ma sœur.

CLEON *le retenant.*

C'est un soin superflu, je l'ai trop offensée.

LE MARQUIS.

Les femmes ont toujours quelque arriere pensée ;

Et je veux penétrer si ma sœur en effet,
N'a point encor pour toi quelque retour secret.

SCENE X.

CLEON *seul.*

Son cœur intéressé ne m'en croira plus digne.

SCENE XI.

CLEON, CARTON, FLORIMON, ARSINOE', ARAMINTE, BELISE, *autres Convives.*

ARSINOE' *à Belise.*

A Son mauvais destin il faut qu'il se résigne.
Il ne peut faire mieux.

BELISE.

Mais quoi, déshérité
Après qu'il s'est perdu ? C'est trop en vérité.

ARAMINTE.

Ah mon pauvre Cleon, que venons-nous d'apprendre ?
J'en ai presque pleuré.

BELISE *à Cleon.*

Je n'ai pu m'en défendre,
Et votre sort me fait vraiment compassion.

CLEON [illegible]

[illegible] votre affection.

CARTON [illegible] Cleon.

[illegible] épuiser sa rage,
Le remede à cela, c'est d'avoir bon courage.

FLORIMON

[illegible], pour soutenir ce choc,
Il faut s'armer de fer, avoir un cœur de roc.
[illegible] est Cidalise ?

CLEON.

Elle est déja partie.

ARSINOE'.

[illegible] en malheur, on quitte la partie.

BELISE.

[illegible] bassement.

ARAMINTE.

Il le faut avoüer,
Un pareil procedé n'est pas fort à loüer.

ARSINOE'.

Pour moi je la croyois tendre & compatissante,
Mais je me trompois bien. Je serai plus constante;
(*à Cleon.*)
Je p[illegible],
Et de mes vœux ardens je vous seconderai,
N'en doutez point. Je sens que votre sort me tuë,
Et je ne sçaurois plus soutenir votre vûe.

(*Elle sort.*)

BELISE.

J'ai pour vous, à coup sûr, les mêmes sentimens,
Et vos peines pour moi deviennent des tourmens.
[illegible] trop généreux vous êtes la victime;
Mais vous aurez toujours [illegible] plus parfaite estime.
[illegible] vous.

(*Elle sort.*)

CARTON.

Oui, oui, console-toi,
C'est le meilleur parti.

ARAMINTE.

Comptez toujours [illegible]

(*Elle donne la main à Carton, & sort précipitam[illegible] ment suivie de tous les autres Convives, excepté Flo[illegible] rimon.*)

CLEON.

Commment ! dans mon malheur voilà donc ma [illegible]
ressource ?
On me fait compliment, & puis on prend sa course [illegible]
Ah, mon cher Florimon ! n'es-tu pas consterné
De ce que tu vois ?

FLORIMON.

Non. Chacun est prosterné
Devant les gens heureux ; sont-ils dans la misére,
On les plaint tout au plus, & l'on croit beaucoup
faire.

CLEON.

Ce sont-là les amis qu'on espere trouver !
Tu m'as dit qu'au besoin je pourrois t'éprouver.

FLORIMON *brusquement*.

Tu m'éprouves aussi. Je m'en vais.

SCENE XII.

CLEON *seul*.

AH le traître !
Avec quelle impudence il ose méconnoître
Un ami toujours prêt à l'aider ! Quelle horreur !
Sont-ils donc tous d'accord pour me percer le
cœur !

SCENE XIII.

CLEON, LE COMTE.

CLEON *allant au devant du Comte qui veut l'éviter.*

CHer ami, sçavez-vous jusqu'où va ma disgrace?
Déja de mon malheur tout le monde se lasse.
Je n'ai plus d'amis.

LE COMTE *en soûriant.*

Quoi? Pensiez-vous en avoir?

CLEON.

Ah que je m'abusois! J'en suis au désespoir.

LE COMTE.

Modérez, croyez-moi, cette douleur profonde;
Ce qui se passe ici n'est que le train du monde.
Vous vous êtes trompé jusqu'à ce triste jour,
En vous imaginant qu'on vous faisoit la cour.
Ce n'étoit point à vous, c'étoit à vos richesses.
On vouloit partager vos plaisirs, vos largesses;
On trouvoit tout chez-vous, on n'y trouve plus rien,
Et l'on perd ses amis en perdant tout son bien.
Le monde est fait ainsi, j'en ai l'expérience.
Suivez donc le torrent, & prenez patience.

CLEON.

Mais sans bien, sans espoir, que vais-je devenir?
Mes amis à leur tour devroient me soûtenir.

LE COMTE.

Sur quoi vous fondez-vous?

CLEON.

Sur la reconnoissance ?

LE COMTE.

Et vous en doivent-ils ? Votre magnificence ;
Vos dons, vos grands repas ; dites la vérité,
Etoient-ils des effets de générosité ?
Vous cherchiez à briller, à surpasser les autres ;
C'étoit là vos motifs ; & quels étoient les nôtres ?
D'en profiter, mon cher, autant que nous pourrions :
Vous vouliez de l'encens, & nous vous le vendions.
Pour tenter l'acheteur la marchandise est faite ;
Le marchand doit-il rien à celui qui l'achete ?

CLEON.

Vous étiez donc aussi de ces amis trompeurs ?

LE COMTE.

Moi ? J'étois comme un autre, au rang de vos flatteurs.
Mais vous n'en aurez plus. Grace à votre misére,
Chacun à votre égard va devenir sincere.

CLEON.

Eh quoi, m'attendiez-vous à cette extrémité,
Pour m'oser librement dire la vérité ?

LE COMTE.

On ne se fait aimer que par les complaisances.
Mais ne vous plaignez plus des fausses apparences ;
Si ce qu'on dit est vrai, je ne suis pas un sot,
On m'a berné pourtant comme un franc idiot.
Les plus fins sont trompés, & cette indigne Veuve
Qui vous a tout ravi, m'en fait faire l'épreuve.

CLEON.

Comment ?

LE COMTE.

Je l'adorois. Sur un espoir flatteur
J'ai tâché par vos dons de m'acquérir son cœur ;
Je les sollicitois de concert avec elle ;

[illegible] depuis qu'une haine mortelle ;
[illegible]tion, les rebuts, les mépris,
[illegible] que j'ai [illegible] être [illegible].
[illegible] vous en fais l'aveu pour vous faire connoître.
[illegible]e le cœur le plus faux, le plus dur, le plus traître,
[illegible]e plus intéressé que le Ciel ait formé,
[illegible] celui de l'objet dont vous étiez charmé.
[illegible]rdeur de s'enrichir est tout ce qui l'occupe,
[illegible] j'ai la rage au cœur de me trouver sa dupe.
[illegible]tes-vous donc surpris si vous l'avez été,
Comme de vos amis ? Tout n'est que fausseté.
Qui croit s'en garentir, grossierement s'abuse,
[illegible]lle régne par tout, & voilà mon excuse.
Adieu.

SCENE XIV.

CLEON *seul.*

JE ne dis rien, car je suis confondu.

SCENE XV.

CLEON, PASQUIN *qui entre d'un air affligé.*

CLEON.

QUe viens-tu m'annoncer ?

PASQUIN.

Que vous êtes perdu.

Ce fripon d'Intendant pour combler mes [illegible]
Avec tous vos effets vient de p[illegible]
Et n'a laissé chez lui que ce billet ouvert.

CLEON.

Donne. Pour me trahir tout paroît de concert.
Lisons. C'est à Gripon que ce billet s'adresse.
Il est datté de Brest, & ceci m'intéresse.
Peut-être est-ce à mes maux un doux soulagement;
Ah qu'il vient à propos en ce fatal moment!

(Il lit.)

Voici pour votre Maître une triste nouvelle:
Le Vaisseau qui pour lui rapportoit un trésor,
Par une avanture cruelle,
Vient de faire naufrage en approchant du Port.

Tous les malheurs sont donc enchaînés sur ma tête!
Et mon dernier espoir périt dans la tempête!
Mer barbare & perfide autant que mes amis!
Que vais-je faire, ô Ciel!

PASQUIN.

Me seroit-il permis
De vous dire deux mots?

CLEON.

Va-t-en trouver Julie
De ma part.

PASQUIN.

Oui, Monsieur.

CLEON.

Dis-lui que je la prie
De payer tous mes gens, & de les renvoyer.

PASQUIN *sanglotant.*

L'affaire est faite, on vient de les congédier.

CLEON.

Et toi?

[illegible]

PASQUIN.

[illegible] que l'on me défère,
[illegible], mon pauvre cœur

[illegible]

[illegible] pour quitter; & jusques à la mort,
[illegible] de suivre votre sort.

CLEON.

[illegible] tu de moi? je suis un misérable.

PASQUIN.

[illegible] que je possède....

CLEON.

Ah, ce trait là m'accable!
[illegible] le seul ami qui me demeure. Ingrats!
[illegible] cette exemple là ne vous confondra pas?
[illegible]-en. Laisse moi seul au fond du précipice,
[illegible]-moi ce fauteuil, c'est le dernier service
[illegible] que j'exige de toi.

PASQUIN *lui baisant la main.*

Mon cher Maître!

CLEON.

Va, sort;
[illegible] tu m'obligeras.

[S]CENE DERNIERE.

[C]LEON *se croyant seul,* JULIE *qui entre doucement & qui écoute.*

CLEON *se jettant dans un fauteuil.*

INutile remord,
Pourquoi me tourmenter? O! raison trop tardive;
Que ne prévenois-tu le malheur qui m'arrive!

Je suis abandonné [illegible]
Et pour consoler [illegible]
Fortune, [illegible]
Il n'est donc plus d'amis dans le siècle [illegible]
[illegible]
Hélas, je me livrois à ces amis [illegible]
Insensé, par mon cœur je jugeois de leur [illegible]
Quelle étoit mon erreur ! Quelle étoit [illegible]
Je leur pardonne à tous ; mais vous, mais [illegible]
 Julie !
Vous que j'ai tant aimée, & que j'adore encor[illegible]
Pouvez-vous me livrer aux rigueurs de mon [illegible]
C'est-là ce qui me tue. Une fausse indulgence
A-t-elle mérité cette horrible vengeance ?
Les fureurs d'un amant par vous-même abîmé
Devroient-elles !... Jamais vous ne m'avez
 aimé ;
L'effet confirme trop un si juste reproche.
Jouissez de ma mort ; je la sens qui s'approche.
(Il tire son épée.)
Qu'elle vient lentement ! Il faut la prévenir,
Et grace à ma fureur, mes tourmens vont finir.
 (Il veut se frapper.)

JULIE *la retenant.*

Que faites-vous, Cleon ?

CLEON.

O Ciel ! c'est vous [illegible]
C'est vous qui m'empêchez de m'arracher la vie.
Pourquoi ce soin ? Songez qu'il ne me reste [illegible]

JULIE.

Ingrat ! vous avez tout, puisque j'ai votre bien.
Lorsque vous m'accusiez d'une ame intéressée,
Que ne pouviez-vous lire au fond de ma pensée !
J'ai tâché de vous perdre afin de vous sauver,
Et vous ai tout ravi pour vous le conserver.
A votre aveuglement c'étoit le seul remède.
Vous êtes maître encor de ce que je possède.

[illegible] ceux vous l'offre avec [illegible]

[illegible] vous porter un heureux sort
[illegible] bien qu'il estime, qu'il aime ;
[illegible] le voyez, & se livre lui-même
[illegible] Cleon, en recevant ma foi ;
[illegible] content, & vivez avec moi.

[illegible]LEON *se jettant aux pieds de Julie.*

[illegible] Julie ! Ah vous me percez l'ame !
[illegible] de vertu dans le cœur d'une femme !
[illegible] me fait mourir de honte & de regret.

JULIE.

[illegible] vous. Grace au Ciel j'ai trouvé le secret
[illegible] guérir vos erreurs, de vous rendre à vous-même ;
[illegible] de vous faire voir à quel point je vous aime.
[illegible] trouver mon pere, instruit de mon dessein,
[illegible] vous assurer & mon cœur & ma main,
[illegible] oncle en est charmé : mon frére rentre en grace ;
[illegible] nos divisions la Discorde se lasse ;
[illegible] pur & serain nous présage un doux sort,
[illegible] enfin nous a mis dans le port.

[illegible]LEON *lui donnant la main.*

[illegible], mon bonheur sent votre heureux ou[illegible]

[illegible] de bienfait vous m'avez rendu sage,
[illegible] éprouver dans les plus doux liens,
[illegible] prudent est la source des biens.

FIN.

APPROBATION.

J'AY lû par l'ordre de Monseigneur ... des Sceaux, le *Recueil* ... *Théâtre* du sieur NERICAULT D ... ai trouvé ce qui doit caractériser les ... vrages, l'utile joint à l'agréable ... Public recevra avec plaisir l'impression ... ces qu'il applaudit encore tous les jours ... Représentations. Fait à Paris ce ...

Signé, DANCHET.

PRIVILEGE DU R...

LOUIS, par la grace de Dieu, Roi de ... & de Navarre : A nos amez & feaux ... seillers les Gens tenans nos Cours de Parlement ... Maistres des Requestes ordinaires de notre ... Grand-Conseil, Prevost de Paris, Baillifs, ... chaux, leurs Lieutenans Civils, & autres ... ciers qu'il appartiendra, SALUT. Notre ... bien amé le Sieur NERICAULT DESTOUCHES ... notre Academie Françoise, Nous ayant ... montrer qu'il souhaiteroit faire imprimer ... ner au public *diverses Pieces de Theatre* ... *position*, s'il Nous plaisoit lui accorder ... de Privilege sur ce nécessaires, offrant ... effet de les faire imprimer en bon ... beaux caracteres, suivant la feuille ... attachée pour modelle sous le contre-scel ... Présentes. A CES CAUSES, voulant ... vorablement ledit Sieur Exposant, Nous lui ... permis & permettons par ces Présentes, de ... imprimer lesdits Ouvrages ci-dessus specifiez ... un ou plusieurs volumes, conjointement ou ... rément, & autant de fois que bon lui semblera ... sur papier & caracteres conformes à ladite ... imprimée, & attachée sous notredit ...

[illegible]
[illegible] le temps de [illegible]
[illegible] compter du jour de la date desdites
[illegible] défenses à toutes sortes de per-
[illegible] quelque qualité & condition qu'elles
[illegible] introduction d'impression étrangere dans
[illegible] de notre obéissance ; comme aussi à
[illegible] Libraires, Imprimeurs & autres, d'imprimer,
[illegible], vendre, faire vendre, débiter, ni
[illegible] lesdits Ouvrages ci-dessus exposés, en
[illegible] en partie, ni d'en faire aucuns Extraits,
[illegible] quelque pretexte que ce soit, d'augmenta-
[illegible] correction, changement de titre, même en
[illegible] étrangeres ou autrement, sans la permis-
[illegible] expresse & par écrit dudit Sieur Exposant,
[illegible] ceux qui auront droit de lui, à peine de
[illegible] des Exemplaires contrefaits, de trois
[illegible] livres d'amende contre chacun des contre-
[illegible] un tiers à Nous, un tiers à l'Hôtel-
[illegible] de Paris, l'autre tiers audit Sieur Exposant,
[illegible] dépens, dommages & interests ; à la
[illegible] que ces Presentes seront enregistrées tout
[illegible] sur le Régistre de la Communauté des Li-
[illegible] Imprimeurs de Paris, dans trois mois de
[illegible] icelles ; Que l'Impression desdits Ou-
[illegible] sera faite dans notre Royaume, & non ail-
[illegible] que l'Impetrant se conformera en tout
[illegible] Librairie, & notamment à
[illegible] du 10. Avril 1725. & qu'avant que de les
[illegible] en vente, les Manuscrits ou Imprimés qui
[illegible] servi de copie à l'Impression desdits Ou-
[illegible], seront remis dans le même état où les
Approbations y auront été données, ès mains de
notre très-cher & féal Chevalier, Garde des
Sceaux de France, le Sieur Chauvelin, & qu'il
en sera ensuite remis deux Exemplaires dans no-
tre Bibliotheque publique, un dans celle de notre
Château du Louvre, & un dans celle de notredit

[illegible] Presentes. Du contenu [illegible]
[illegible] mandons & enjoignons de [illegible]
[illegible] sans souffrir qu'il leur soit [illegible]
ble ou empêchement. Voulons que la [illegible]
dites Presentes qui sera imprimée [illegible]
commencement ou à la fin desdits O[illegible]
tenue pour dûement signifiée, & [illegible]
collationnées par l'un de nos amez & [illegible]
seillers & Secretaires, foi soit ajoûtée [illegible]
l'original. Commandons au premier [illegible]
sier ou Sergent, de faire pour l'execu[illegible]
les, tous Actes requis & necessaires, [illegible]
der autre permission, & nonobstant [illegible]
haro, Chartre normande, & Lettres [illegible]
traires; CAR tel est notre plaisir. [illegible]
Paris le vingtiéme jour du mois de [illegible]
de grace mil sept cens trente-cinq, [illegible]
Regne le vingtiéme. Par le Roy en [illegible]

S[illegible]

Registré sur le Registre IX. de la Chambre [illegible] & Syndicale des Libraires & Imprimeurs [illegible] N°. 74. fol. 62. &c. A Paris le 11. [illegible]

Signé, G. MARTIN, [illegible]

Je soussigné reconnois avoir cedé [illegible] Sieur Pierre Heault pere, le present [illegible] pour en joüir en mon lieu & place [illegible] tions d'icelui à toujours, suivant [illegible] jourd'huy entre nous. A Paris ce [illegible]

NERICAULT DESTOUCH[illegible]

Registré sur le Registre IX. de la Chambre [illegible] *des Libraires & Imprimeurs de Paris, page* [illegible] *A Paris le 23. May 1735.* G. MARTIN, [illegible]